大橋鎮子さんが
教えてくれた
「ていねいな暮らし」

洋泉社編集部・編

洋泉社

まえがき

大橋鎭子さんの名前を知らなくても、みなさん、『すてきなあなたに』というタイトルを一度は耳にしたことがあるのではないでしょうか。

『すてきなあなたに』は、「ささやかな、ごくふつうの日々の暮らしの一こまを綴ったページ」という大橋鎭子さんのコンセプトをもとにはじまり、１９６９年から大橋さん亡き現在まで50年近くも続く、雑誌『暮しの手帖』（暮しの手帖社）の長期連載です。

連載をまとめた単行本は、ハードカバーの旧装版・第１巻が１９７５年に発売されて以来、２０１０年の時点で全5巻の累計発行部数が１３３万部となりました。また、２０１５年にはソフトカバーのポケット版全10巻が発売されるなど、現在までさまざまな世代の人たちに読み継がれてきました。

なぜこのエッセイは、こんなにも多くの人々に愛され続けてきたのでしょうか。


大橋鎮子さんが亡くなる3年前に出版された自叙伝『「暮しの手帖」とわたし』（暮しの手帖社）に、こんなエピソードがあります。

昭和19年。戦争はいっそう激しくなり、食うや食わずのなか、大橋さんは岐阜県の親戚の家に食糧を分けてもらいにいきます。お米の袋とともに伯母さんが持たせてくれたおにぎりを帰りの列車で食べていたところ、すし詰め状態でひしめきあう乗客たちが、おにぎりに視線を注いでいました。すると大橋さんは、残りのおにぎりを全部まわりの人に差し出したといいます。

また、当時、日本読書新聞で働いていた大橋さんが、発送のアルバイトをしていた朝鮮人の青年が帰国する際、家にある残りわずかなお米でおにぎりを作り、持たせてあげたという話もありました。

じゃがいも1個を買うのにも苦心する時代に、です。

『すてきなあなたに』に貫かれている精神は、まさにこれではないかと思いました。大橋さんが人として、編集者として、糧にしてきた有形無形の「すてきなもの」「美しいもの」「たいせつなもの」。それらへの感謝と、「この素晴らしいものを、みなさんにも届けたい」という純粋な思いが、このエッセイの核ではないかと思うのです。

実は『すてきなあなたに』は、大橋さんひとりでは考えがかたよってしまうのでは——という理由から、当時『暮しの手帖』で執筆していた筆者たちのエピソードも交えた内容になりました。

そのコンセプトを引き継ぎ、本書には現在活躍されているエッセイストやイラストレーター、教育者、料理研究家、シンプルライフ研究家など、さまざまな方たちの「すてきなエピソード」が詰まっています。それは、『すてきなあなたに』に共感する

〝生活の達人〟が私たちにくれる、心豊かに、幸せに生きるためのヒントといえるでしょう。

ちょうど2016年春からは、大橋さんをモチーフにした朝ドラ『とと姉ちゃん』が放送されます。

「ささやかな、ごくふつうの日々の暮らし」を見つめなおし、あなたにとって「すてきなもの」「美しいもの」「たいせつなもの」に気づくきっかけとして、本書をお読みいただければ幸いです。

目次

企画・編集　佐野華英（タンブリング・ダイス）
デザイン　八木孝枝（スタジオダンク）
イラスト　安原ちひろ
撮影　竹内洋平
スタイリング　露木藍（スタジオダンク）
校正　東京出版サービスセンター

1.

田村セツコ

心の豊かさを求めれば、
ハッピーが見つかる

心に火が灯るような、
ガーリーなイラストを通じて
日本の女の子たちに愛と元気を
与え続けている田村セツコさん。
彼女の「幸せに生きるコツ」について
お聞きしました。

FRANCE
ハミングするような心を
田村セツコ

知らず知らずのうちに染み込んだ「栄養」のような存在

「いつのころから」というのははっきりしないけれど、いつの間にか心のなかにあった。私にとって『すてきなあなたに』は、そんな存在です。

雑誌『暮しの手帖』が好きでした。私が子どものころから青春時代にかけては、『ひまわり』や『ジュニアそれいゆ』『少女の友』など、乙女向けの雑誌の刊行が活発で、夢中になって読んでいました。それらは私にとって「友だち」のような存在でしたが、『暮しの手帖』は「お母さん」のような存在。いてくれるだけで心強く、安心できる、心の拠り所のような。本屋さんで出会って気がむいたときにたまに買わせていただくという、途切れ途切れの読者ではありましたが、名物コーナー「商品テスト」の気が遠くなるほど地道な実証と学者のような姿勢に、いつも「すごいな」と感心していました。そんな、真面目で嘘をつかない、信頼できる雑誌の巻末に載っていたのが、大橋鎮子さんの『すてきなあなたに』でした。

そうして、折にふれ読ませていただいてきた『すてきなあなたに』が２０１５年にポケット版として刊行されることになり、版元である暮しの手帖社さんから解説のご依頼をいただきました。なにしろ初めての経験でしたので、最初はとてもプレッシャーだったのですが、解説を書くにあたって、あらためて『すてきなあなたに』を読み返してみたんです。そうしたら、あまりの素晴らしさに驚いてしまいました。気に入ったところに付箋をつけようとすると、だいたい全ページについてしまうんですね。

下北沢に「バブーシュカ」という私の大のお気に入りの、雑貨も売っているカフェがあるんですが、そのお店の棚に『すてきなあなたに』が並べてあってうれしかったです。お若い女性が３人でやっているお店なんですよ。私が解説のご依頼をいただいたのが、ポケット版の後ろから2番目の9巻だったんですが、この本が今の日本で10巻も刊行されるほど読者に信頼され、若い世代にも読み継がれていると知って「世の中、捨てたもんじゃないな」と思いました。

正直に告白すると、解説のご依頼を受けた理由は、私は『すてきなあなたに』から、どこかしら影響を受けているんじゃないかと思ったからなんです。具体的に「どこがどう」というのではなく、さりげなく、日常的に入っているという感じ。『すてきなあなたに』のスピリットが知らず知らずのうちに栄養というか滋養になって、体のなかに染みわたっているような。私はその栄養を絶えず使わせていただいて生きているんじゃないかな、と思いました。

たとえば、「質素ながらも楽しく」という『すてきなあなたに』が発信し続けているメッセージひとつとってみても、まさに私のベースにあるものと同じなんです。「贅沢にあこがれない」というのは、けっして我慢しているのではなくて、「好み」なんですね。ベランダにはためく洗濯物だったり、道端に咲いている野花だったり、そういう日常の、ささやかなものこそが実はいちばん強いんじゃないかと思うんです。それが生きていくうえでのパワーになる。

「幸せってなんだろう」とよく言うけれど、優秀な学歴があって、立派な企業に就職して、快適なお家を買って……とか、みんな幸せを「物件」としてとらえるじゃないですか。そうじゃなくて、もう少し肩から力をぬいて、身近なところにある、ささやかな幸せをつかまえる才能があれば幸福に生きられると思うんですね。それを発見する「センス」が実は重要だと思います。本当はこの世界には、シャワーのようにワーッといっぱい生きるヒントが注がれているのに、それに気づかないで、まったく別の価値を求めてしまう。「ブランドの洋服がほしい」とか「いい車に乗りたい」とかじゃなくて、すぐそばに、こんなにもキラキラしたものがある。それに気づけばいいのに、というようなことを、私は『すてきなあなたに』から教えてもらった気がします。

　解説をやらせていただいたとき私は、「ハミングするような心をいつか手に入れたいと思ってきました」と書きました。「とくにこれがあるから幸せ」とか、そういう意識をしないで、なんとなく自発的に自分を幸福と思えるような、さりげない心。理屈で考えて「こういうことがあったから幸せ」だと脳が認識するのではなくて、「なんだか生きていることが幸せ」「とくに自分が恵まれているわけじゃないけど、とりあえず幸せ」と思える感覚。「ハミング」というのがまさにそういう行為なんですね。意識して「歌おう」というのでなく、自然と口からこぼれてしまうという。植木の手入れをしたり、お部屋の掃除をしながら「♪ふんふんふん」というようなさりげない、だけど内から出てくるもの。『すてきなあなたに』は、どこを開いても必ず、ハミングするようにすてきなギフトがあります。「ずっと読んでいったら最後に喜びがある」というのでなく、短編になっているから、好きなところから読めばいい。枕元にいつも置いておいて、ぱっと開いたページを読んだだけでお薬になるような、そんな本です。

物のない時代に育った日本の乙女として

私たちが育ったのは、本当に物のない時代でした。戦争が終わってからもしばらくは、みんな体操服みたいに素っ気ないブラウスにモンぺなんかを履いていた時代です。そんななか、中原淳一さんが「ブラウスにリボンやレースをあしらったり、ボタンの位置を変えてみましょう」とか、「セーターの襟まわりをチェーンステッチで飾ったり、スカートにアップリケをつけてみましょう」という、お洋服のリメイクをイラスト付きで紹介されているのを雑誌で読んで、すごく感動したことをおぼえていま す。そこには、「お金をかけなくても、工夫しだいでいくらでもおしゃれはできるんですよ」というメッセージがありました。その影響を受けて育っているので、大人になってからもお洋服はほとんど自分で作るし、既製品でも、自分なりのアレンジを加えて楽しんでいます。

今はお金さえ払えばなんでも手に入るし、原宿に行けば、かわいいお姫様のようなお洋服がすぐに見つかる時代ですけれど、「それって、どうなんだろう?」という気がするのです。「流行っているから」「みんなが着ているから」という理由で洋服を選んで、「なにかの新興宗教かしら?」というぐらいにみんな似たりよったりの格好をしている若い人たちをよく見かけます。この豊かな時代にわざわざ「貧乏になりなさい」と言っているのではなくて、「そこで満足しちゃっていいの?」と思うのです。自分で針と糸を使ってステッチを加えたり、オリジナルの工夫をするのはすごく楽しいこと。「本当はこっちのほうが贅沢なんですよ」という価値観が広がれば面白いと思いますね。質素ということは、実はおしゃれで、とってもクリエイティブなんです。人間はそういう、

「工夫」の精神がないと生きていけないと思うのです。すでにあるものを、なにも考えずにそのまま買い集めるだけで〝一丁上がり〟のお姫様になれたとしても、なにも工夫の余地がないし、進行形で明日にむかって生きる力にならないと思うんですよね。そういうことを、若い人たちが気づいてくれればいいのだけれど、「わからせよう」と思ってもダメなのよね。その子たちが自分で気づかないとね。

大橋鎭子さんは私より18年先輩で、もっと長く、物のない時代を経験されています。大橋さんの根底には「慎ましく、堅実に」という日本の乙女の精神が流れているのではないかと思います。私たちの世代は、それが当たり前のことだったんです。だから、『すてきなあなたに』には「物質的な豊かさではなく、心の豊かさを」というメッセージがたくさん込められています。そして素晴らしいのは、それがぜんぜん押し付けがましくないということ。まったく説教臭くないんです。これは重要なポイントだと思います。読んだ人が自分自身でなにかを感じとることのできる文章になっています。だから、できるだけ多くの若い人たちに『すてきなあなたに』を手にとってもらえればうれしいです。

『すてきなあなたに』は、ふだんは、お部屋に風を入れるみたいな感覚でぱらっと読んでいるのですが、たまに腰を据えてじっくり読んでみると、しみじみして、泣いてしまいそうになるんです。言葉が本当にやさしい。それが大橋さんのセンスなのね。ためになるだけじゃなくて、彼女の洒落っ気やエスプリがちりばめてある。なにか大事なことを言ったとしたら、そのあと照れ隠しでクスッと笑わせるような。やさしく真面目でありながら、リズムがおちゃめで、読むと必ず微笑みがこぼれるような文章なんです。雑誌の一誌面として読んでみても、最初に知識をくれることが書かれてあったら、最後には美味しいお料理の作り方が出てくる、というように、とてもバランスがいい。それがまた、いい香りがしてくるような文章なんですよ。「お勉強のあとには、美味しい食べ物のご褒美」という順番が心憎いですね。大橋さんはとても知的で才能もあって、敏腕な編集者なのでしょうけれど、『すてきなあなたに』ではそういうことをいっさい前面に出さない。「偉いのに偉そうじゃない」というのは、すてきですよね。

紙と鉛筆が大好きだった少女時代

私は1938年の生まれで、物心つくころに日本は戦争へと突入していき、小学校2年生で終戦をむかえました。疎開や、公務員だった父の転勤のために引っ越しが多かったうえ、人見知りでシャイな子どもだったので、転校して新しいクラスにいって、ようやく隣の席の子と「消しゴム貸して」「いいわよ」なんていう会話ができるようになったころでお別れ。そんなせつない出来事の繰り返しで、お友だちがいっぱいいるような、いないような、心もとない少女時代でした。当時の私のことを母に聞けば、「紙と鉛筆さえあればずっとひとりで遊んでいられる、おとなしい子だった」と言います。「いつもなにかしら白い紙があれば絵を描いて、お人形もオルゴールもぜんぜんほしがらなかった」「本当にお金のかからない子だったのよ」と。おかげで「節約のセツコ」っていうあだ名がついたぐらい。とにかく物のない時代でしたし、国全体がそういう雰囲気でしたから。

小学校2年生から2年間、疎開で農家のお家の離れに住まわせていただきました。物資不足に加えて居候の身ですから、戦争が終わってからも食べ物には恵まれませんでした。農家のお家なので、本家のほうの方たちは真っ白い美味しそうなご飯を食べていたけれど、私たちは雑穀。山から野草を摘み、タンパク源として田んぼでイナゴを捕まえて食べていました。でもね、大人はどうかわからないけど、私たち子どもはそういうことを、少しもみじめと思わないの。それが私の原体験としてすごくあるんです。農家のお家の方が干し柿を作るときに皮を剥くんだけれど、その皮を母がいただいてきて、天日干しにしたものをおやつに食べていました。「キャラメルの代わり」なんて呼んでいたんだけれど、すごく甘くて、喜んで食べていた思い出があります。あとから知識として知ったけれど、果物や野菜ってなんでも、皮のほうがたくさん栄養が含まれていて、中身よりも甘くて美味しいのよね。大根の葉っぱなんかも、茹でて細かく刻んで、ちょっとお醤油をかけたのが美味しくて。そういう、わき役のようなものをずいぶん有効に使っていたんですよ。

大人たちは「日本が戦争に負けてこんなにみじめなことはない」と言っていたけれ

ど、面白いもので、私たち子どもはぜんぜんみじめだと思っていなかったし、「柿の皮美味しいね」「イナゴ美味しいね」って喜んで食べていたんですから。今なんて健康志向で、みんなわざわざ雑穀を食べるじゃないですか。ホテルの朝食で五穀米とか雑穀シリアルなんかが出てくると、もう、うれしくて。大人になってから母に「私たちが子どものころ、体に良いものばかり食べていたわけね」なんてよく笑ったものです。

戦後の混乱が落ち着いて疎開生活が終わってからも、公務員の安月給の家庭で、公舎や官舎といった仮住まいを転々とする生活でした。ですから、慎ましい暮らしのなかで「工夫する」ということが楽しかったし、喜びでした。お洋服なんかも、当時のお母さんたちはみんな着物をほどいて子どものワンピースを作ったりして、身のまわりに「手作り」が当たり前にあったんですよ。「質素」とか「物がない」ことが嫌だったという思い出がいっさいないんです。だから、「大人になったら違う生活がしたい」という発想がないわけ。とにかく楽しい思い出しかないから、ますます「質素が好き」「工夫が好き」という価値観が、そのころから入ってしまっているんですね。

人とくらべないこと
自分らしくあること

疎開生活のころ、印象に残っていることがあります。私の学校のお友だちで、お金持ちのお嬢さまのK子ちゃんが近所に住んでいたんです。かわいらしいレースのドレスなんかを普段着として着ていてね。ある日、K子ちゃんが月見草のような奇麗な黄色のワンピースを着て、家に遊びにきてくれました。私はうれしくて「お母さん、見て見て！　K子ちゃんのお洋服、すてきでしょう⁉」と言ったら、母はちらっと一瞬K子ちゃんを見て、むこうにいっちゃったの。それがすごくショックで。母は疎開時代、「よその家はすごく裕福なのに、うちはこんなに慎ましい疎開の生活だなんて……」と内心感じていたみたい。「大人ってそういう風に感じるのか」と驚いたことを思い出します。価値観というのは面白いですね。大人は理屈で幸せの価値をはかろうとするけれど、子どもは、友だちが奇麗なワンピースを着ていれば素直にすてきだと思うし、お母さんが自分に手作りしてくれたお洋服が素直にうれしいものなんですね。人とくらべるという発想がないんです。

昔、フランスのドキュメンタリー番組で面白いのがあって。パリの女の人に「私の好きなもの」というテーマでインタビューしているんだけれど、ある人は、「この路地の石畳のボコボコしているところに陽があたる瞬間が大好きなの」と言って、石畳を愛おしそうに撫でている。かと思えば、もうひとりの人は、自分のお部屋のベッドルームにある古い木材の梁。「これを見るとすごく幸せなの」と語っていました。またある人は、「真夜中の2時ごろにシャンパンと白ワインと生牡蠣をちょっといただくのが大好き」って答えていた。そういうことを本当にうれしそうに語っていたんですよ。ひとりひとりがまったく個人的で、人と誘い合うということがぜんぜんないのね。しかも押し付けがましくない。「私はこれが好き」という感じが、すごく印象に残っています。

それから、初めてパリに行ったとき、街往く人や地下鉄に乗っている人たちのファッションがひとりひとりぜんぜん違うことに驚きました。当時の日本だと、ヘアスタイルも、スカートの丈も、流行に右にならえなんだけれど、パリの人たちはみんな好きな格好をしていて、しかもとても似合っている。人とくらべないし、人のマネをしない。「さすが‼」と感動したことをおぼえています。

1枚の往復はがきがおこした奇跡

私は絵を描くことが大好きでした。当時の女の子はみんなそうですけど、お姫様やらお城やら、見たこともない人や物を空想して描くのが楽しかった。ラジオで物語を聴いたら、その情景を想像して絵を描いて。おっかないおばあさんが出てきたら「こういう感じかしら」と描くというような行為を、日常的にやっていたんですね。それで、将来自分が絵の仕事に就くなんて考えたこともなかったんですけれど、高校生のときに読んでいた少女雑誌に「大好きな先生へお手紙を出しましょう」というページがあって、作家・画家の先生方の自宅の住所一覧が載っていたんです。おおらかな時代でしたよね。それで、どの先生もすてきなのでとても迷ったのですが、『くるくるクルミちゃん』の松本かつぢ先生に書こうと決めました。かつぢ先生の絵は、少女雑誌のイラストのなかでは異彩を放っていて、カラッとしていた。ちょっとアメリカチックで洒落ているんですよ。バタ臭いというか。そのうえ見事なペンさばきで、少女雑誌の挿絵のなかでは断トツで好きでした。

それで往復はがきに、「先生の絵が大好きです」とは書かないで、「将来、絵のお仕事に就くとしたら、どのようなお勉強が必要なのですか?」と、いきなり質問を書いたの。私の家系は全員サラリーマン。アート系の人がひとりもいないわけですよ。「どうやったら雑誌に絵が載るのか」というプロセスからしてわからないんです。今思えば「往復はがき」というところがずるいですよね。返信側のはがきに自分の住所と名前を書いて出しました。もちろん「ダメもと」で。たくさんのファンからお手紙がいくでしょうから、お返事なんてあてにしていなかったのだけれど、1週間ほどして先生から往復の「復」のほうがきたの。「あなたの作品を送ってください　松本かつぢ」と書いてありました。「えーっ!!」という感じで信じられなくて。そのはがきを、学校のカバンのなかに入れて、授業中に何度も何度も見ては「ああ、本当なんだ」と、うれしさを噛みしめていました。それで、今まで鉛筆で描き溜めた絵を茶封筒にわっと入れて、切手をベタベタ貼ってお送りしたら、先生から「一度家に訪ねていらっしゃい」とお返事をいただきました。

二子玉川の先生のご自宅へ、途中まで父に連れられて行きました。「ここからひとりで行きなさい」と言われて、ドキドキしながら先生のお宅のチャイムを鳴らしたことを今でも思い出します。江戸っ子のちゃきちゃきした奥様が招き入れてくださって、お子さんが大勢いるにぎやかなご家庭でした。見ず知らずのセーラー服姿の娘に、先生は貫禄たっぷりの口調で「これからも遊びがてらいらっしゃい」と言ってくださいました。それから月に一度、お邪魔することになって、その際に原稿をとりにきていた編集者の方たちを紹介してくださったんです。そのなかで、講談社の編集長が「大御所の松本先生の紹介なので」ということで気を遣って「まあ、一度音羽の編集部にいらっしゃい」と言ってくださって。「雑誌の小さな余白に入れるカットを描いてごらんなさい」と、初めてのお仕事をいただきました。さっぱりわからないけれど、無我夢中でカットを描いて持っていきました。小さなカットをひとつ使うのに10個ぐらい描いて、「このなかから選んでください」なんて言って。それからはちょっとしたカットや、飾り罫などのお仕事をいただくようになりました。

そんな日々をすごしながら、高校3年生になって、進路を決めなければいけない時期がきました。母はつねづね「お父さんが安月給で……」と言っていました。そんな、一介のサラリーマンの家庭の長女として、「イラストレーターになります」とはとても言えませんでした。だから、とりあえず就職しようと、1年だけ銀行に勤めたんですね。銀行の秘書室という優遇された職場で、安定したお給料と保証もある。でもその一方で、イラストのお仕事も少しずついただいていたんです。出版社を紹介していただいているし、先生のほうにも義理ができてしまった。「どうしよう」と思ったんですね。それで思いきって先生に聞いてみました。「銀行を辞めて、絵のほうに進んで大丈夫でしょうか」と。震えながら。そうしたら先生、なんて答えたと思いますか?

「そんなこと、誰にもわからないよ」

とおっしゃったんです。もうシンプルに、そうおっしゃったの。本当にすてきな先生だと思いました。がんばればなんとかなるかもわからないし、ダメかもしれない。先生自身もどうなるかわからないし、誰にもわからない、と。ドーンと衝撃がありました。そのときはぶっきらぼうな印象を受けましたけれど、あとからじんわりとうれしくて、励まされて。「誰に勧められたわけでもなく、自分で決めた」ということが、私にはとても大きかったんです。そう言って突き放すことで、先生は私自身に決めさせてくださった。そうして私は銀行を辞め、イラストレーター1本で食べていくことにしました。自分で決めたという責任があるから、両親には「絶対に経済的負担はかけません」「後悔しません」「愚痴りません」と3つの誓いをたてました。まあ、途中で、持っていった絵がぜんぶボツになって、「銀行辞めなかったら良かったかなぁ」とか、「やっぱり早とちりだったかなぁ」と思ったこともありましたけれど、いつも先生のお言葉が励ましになっていました。

たった1枚の往復はがきから、私のイラストレーターとしての人生がはじまりました。見ず知らずの女子高生の「どのようなお勉強が必要なのですか?」という質問に、先生が答えてくださったという奇跡。今思い返しても不思議です。本当に、運命の神様と、郵便屋さんに感謝です。

救世軍に拾われた不遇時代
ピンチヒッターを務めて風向きが変わった

イラストレーターとしてデビューしてから2年ぐらいは、当たり前ですが、望むような仕事はなかなかきませんでした。女の子のイラストが描きたいのに、本当に小さなカットとか、お料理のページのスプーンや鍋のイラストなどを延々と描いたりしていました。まだ知識もぜんぜんないし、編集者の方にも聞けないんですね。「活版印刷だから薄墨は出ないよ」なんて怒られて、何十枚ものイラストを徹夜で描きなおしたこともザラでした。そんな具合で2年ぐらい描き続けていたんですが、仕事は増えず、交通費も母に借りる始末で。「どうしよう、これじゃあやっていけない」と思って、ある日、神保町の交差点で涙ぐんでいたんです。滲んで映る信号の色が綺麗で見とれていたの。そうしたら、後ろから肩を叩く人がいて「どうぞこちらへ」と言われました。そのまま道路に飛び出すんじゃないかと思われたんでしょうね。そうして導かれたのが、救世軍のチャペルでした。泣きながら入っていったら、「どうぞお掛けになって」と言われて。狭い席で数人が賛美歌を唄っていました。「ええっと……違うんですけど」なんて思いながら、仕方ないからいっしょに賛美歌を唄って。兵隊の格好をした女の人が、すごくやさしい声で「次の日曜日にまたいらっしゃい」と声をかけてくださいました。「ありがとうございます」と言ってチャペルを後にしました。帰りのバスで窓を見たら、痩せてやつれた自分の顔が映っていました。そうしたら、変に冷静になってしまって。自分で自分に「気の毒なことになりましたね」「なんとかしましょう」と、誓ったんです。

そんなことがあってしばらくして、講談社の『少女クラブ増刊号』の編集部から連絡がありました。ユーモア小説の挿絵を担当していた絵描きさんが急病で、見開き10ページが空いてしまうと言うのです。「明日の朝までに描いてもらいたいんだけど大丈夫？」と言うので、「もちろんです」と言って、講談社にすっ飛んでいきました。指定紙をもらってきて、徹夜で、無我夢中で描きました。「やっと女の子の顔が描ける！」と、興奮していました。望みどおりの絵が描けない2年間に溜め込んだ想いを、ぜんぶ紙の上にぶつけたんです。

不遇の2年間、鍋やスプーンを描き続けながら、神保町の古本屋さんの洋書コーナーで見つけ、なけなしの原稿料で買った『ELLE』が教科書でした。レイアウトがすごく洒落ていて斬新で、ファッションページの写真がピンぼけみたいにふわっとなっていたり、横にカットされていたり、タイトルが日本の雑誌ではありえないおしゃれな角度になっていたりするのを、ワクワクしながらながめていました。安い古本を買ってきて、気に入ったページを切りとって、スクラップブックを作って、「ここにアップの顔があれば、むこうに全身のロングがあって」というような、レイアウトの勉強を自分なりにしていました。ユーモア小説の挿絵には、もしかしたらその蓄積が一気に噴出したのでしょうか。アップでウインクしたようなものを描いたり、全身のポージングカットを描いてみたりして。

そうして朝までに描き上げて、無事に増刊号に掲載されると、そのイラストを見た別の編集部から速達がきたんです。指定紙が同封してあって、いきなり巻頭で2色のページ、「『少女クラブ増刊号』で描いていたタッチの女の子のイラストをお願いします」と。『りぼん』『マーガレット』『なかよし』『ひとみ』と、少女雑誌の編集部から続々と同様の速達が届きました。うれしい悲鳴とはこのことです。それからやっと、自分が描きたい女の子のイラストが描けるようになって、おかげさまでお仕事も増えていって。それから、手描きの文や詩のお仕事も増えました。

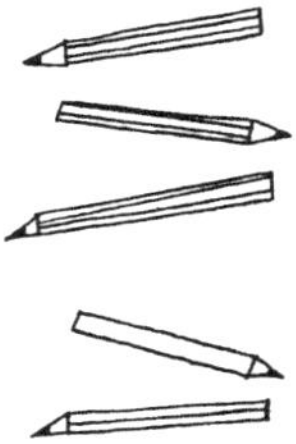

『いちご新聞』の「HAPPYおばさん」と『すてきなあなたに』の共通点

1975年に創刊された、サンリオの『いちご新聞』という女の子向けの新聞があります。そこで私は、40年以上も「HAPPYおばさん」というシリーズのイラスト&エッセイの連載を続けさせていただいています。これは、もしかしたら『すてきなあなたに』に影響を受けているかもしれません。メガネをかけたHAPPYおばさんが女の子たちに語りかけるエッセイなのですが、季節ごとにテーマがあるんです。2月はバレンタインで、3月は卒業、4月は入学というように。私は手書きのお手紙が大好きなので、このあいだも「メールも楽しいけど、わざわざインクで手書きのお手紙も最高にうれしいわね」と書きました。『すてきなあなたに』の「魔法のはがき」にも同じようなことが書かれていますね。「ネットが普及して、なんでも情報が手に入る時代だけれど、自分の手でわざわざ本を広げる読書の楽しみ。紙の感触は最高に贅沢よ」というようなことを、HAPPYおばさんを通じて発信しています。

ＨＡＰＰＹおばさんは、相談したらなんでも答えをくれて、いつもハッピーをくれるような人です。そして、年齢不詳です。おばあさんかもしれないし、もうちょっと若いおばさんかもしれない。そういうキャラクターでいこうというのを、編集の人と相談して決めたのね。『すてきなあなたに』にも似たようなところがあるのでは、と思っています。あえて書き手の「個」を出さないことで、広がりのある、普遍的な教えが、この本のなかにはあると思うのです。私のＨＡＰＰＹおばさんは、『すてきなあなたに』を子ども向けに、少し軽やかなタッチにしたようなものとでも言いましょうか。読者はあまり飛躍したことを言われてもわからないから、誰でも心のなかでうなずけるものを、というのが私のテーマです。そのあたりも、『すてきなあなたに』は絶妙ですよね。一方通行になっていないの。しかも本当にさりげない物事、エピソードをとおして教えてくれるから、哲学者の言うような抽象論になっていなくて、実に具体的。そのうえ、語るきっかけの素材が豊富ですね。観た映画であれ、人との会話であれ、身近なもののなかからミラクルなエピソードを引っぱりだすのが、大橋さんのすごいところだと思い

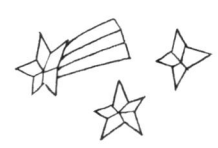

ます。それでいて、ただの世間話にならないのね。ちょっと知的な品格とエスプリがある。

言葉を書き留めること——若い人たちに伝えたいメッセージ

21世紀になって15年が経ちますけれど、世の中はどんどん複雑化していくように見えて、なんだか日本人はどんどん「子どもチック」になっている気がします。すごくかたよったひとつの考えに流されたり、流行を気にしすぎたり。やっぱり、もう少し大人にならないといけないかなぁとは思います。『すてきなあなたに』も、私のモットーもそうですが、自分らしくあるためには、大人になることが必要だと思います。大人になるということは、人のマネをせず、流されず、自分の考えをしっかりと持ち、なおかつ人の考えにもきちんと耳をかたむけるということ。

戦後、少女雑誌のザラザラの紙に小さな活字でびっちり書いてあった、中原淳一先生のメッセージが私の根底にはあります。先生は男性ですけれど、「質素ながらも工夫して自分だけのおしゃれを楽しみましょう」ということを、当時の女の子たちにていねいに教えてくださいました。誌面を通じて、「つねに気品を忘れないように」「日本の乙女として誇りを持つように」というメッセージを繰り返し繰り返し、発信しておられました。

私、タクシーの運転手さんと話す季節の話題とか、八百屋のおかみさんとの立ち話が大好きで、そんななかから心に留まったことを、いつも小さなメモに残しているんです。このあいだ、仲良しの八百屋のおかみさんからすてきな言葉を聞いて、すぐさまメモしました。「病気で辛い人の言葉は、心が言っているんじゃなくて、体が言っているんだよ」というものです。それからしばらくして、私のお友だちのご主人が体を悪くされました。ご主人はもともと、とてもスマートでユーモアにあふれた方だったのに、病気になってからすっかり人が変わったみたいになって、奥様に皮肉ばかり言うようになってしまったのだそうです。お友だちはすごく思い悩んでいる様子でした。そこで私は、八百屋のおかみさんの言葉を思い出しました。そして、「それはご主人の心が言っているんじゃなくて、体が言っているのよ」と言いました。そうしたらお友だちは後日、「本当におっしゃったとおりでした。主人の人柄が変わったんじゃなくて、体が変わったということなんですよね」と、私の手を握って喜んでくださって。もちろんオリジナルは八百屋のおかみさんなんですけれどね。そういう、ちょっとした世間話から、頭から音符が出るようなうれしい発見があります。

こんなこともありました。先日、私がとてもお世話になった恩師に面会してきたのですが、その先生の様子を、同じく先生の弟子である女性に電話で伝えるときに「ボケた」という言葉をどうしても使いたくなかったんです。とっさに「先生、ちょっと……うららかになられて」という言葉が出てきました。その女性の方もすぐに察知して、「まあ、うららかっていい言葉」と言ってくださいました。言葉の選び方ひとつで、伝わり方って違ってきますよね。手前味噌ですが、そんなことも、日々のメモから生まれた効能です。

メモと同じようなことなのですけれど、今私は、「HAPPYおばさん」のコーナーで子どもたちに、そして私のクラスを受講してくれている若い人たちに、絵日記を描くことを勧めています。生きていると、嫌なこともたくさんあります。でもそれも、生きている証拠だからオッケー。「今日あったうれしいことも、嫌なことも、ぜんぶ絵日記に描いてみましょう」と提案しています。うれしいことは、あとで読むと、またうれしくなる！　嫌なことは、あとで読むと、「クリアして今日があるんだな」ということで二度うれしい。だから、日記は「過去のもの」という説があるけど、実は「バリバリの現役」なんです。現在進行形です。そして、これから先にも役に立つんですね。

『すてきなあなたに』も、いつの時代にページを開いても「現役」です。読んだ人の今と、そして未来に贈られるプレゼントですね。タイトルがあらわすとおり、誰でも「すてきなあなた」になりうる。そういう、可能性たっぷりなあなたにエールを贈る本だと思います。そして、「教える」んじゃなくて「ともに歩みましょう」「私も目指しますし、あなたもきっとなってくださいね」という、やさしい、けれども強いメッセージがあります。だから、ＮＨＫの朝ドラで大橋鎮子さんにスポットがあたって、彼女のメッセージが少しでも若い人たちに伝われば、こんなにうれしいことはないですね。みんなでいっしょに、ハミングしながら生きていきたいです。

たむら・せつこ　1938年、東京都生まれ。イラストレーター・エッセイスト。60年代に『りぼん』『なかよし』などで活躍。70年代には「セツコグッズ」で一世を風靡する。近著に『おちゃめな生活』（河出書房新社）、『いつかきっとバレリーナ』（ひさかたチャイルド）、『おちゃめな老後』『すてきなおばあさんのスタイルブック』（ともにWAVE出版）など。

2.

坂東眞理子

自分と、そしてみんなの「すてきな暮らし」のために

『すてきなあなたに』の連載開始と
同じ年に総理府に入省し、
以来、さまざまな女性政策に
取り組んできた坂東眞理子さんに
これからの私たちはどうあるべきかを
うかがいました。

あなたがすてきへ
少しだけ私も
坂東眞理子

穏やかでやさしかった
最晩年の大橋鎮子さん

２００８年、大橋鎮子さんに一度だけお目にかかったことがあります。私が暮しの手帖社さんから『凛とした「女性の基礎力」』という本を出させていただいたときに、池袋の本屋さんで小さなサイン会をしました。そのあと、大橋さんと、編集者の方と、社長の阪東宗文さんと、私の４人で食事をご一緒したんです。そのときが初対面でしたので、それほど詳しくお人柄を知るわけではなかったのですが、ご高名な方ですので、もちろんお名前は存じ上げていましたし、大橋さんのお仕事は折にふれ拝見していました。「この方なんだ」という印象がとても強かったのですけれども、今になって考えれば、そのときすでに、90歳近くでいらっしゃったのですよね。口数こそ少ないけれど、本当に穏やかでやさしい方でした。

まわりの方々が大橋さんを大事にしていらっしゃることが、すぐにわかりました。単に、もちあげるように大事にするのではなくて、愛情を持って気を配って、大橋さんの言葉をフォローしているような感じ。「ああ、みんなから大事にされて、いいな」と、そんな印象がとても強いです。当時大橋さんはすでに、社長職を退いてはおられましたが、長い時間をかけて築いてきた「仕事仲間」たちとの信頼関係が、初めてお目にかかる私から見てもよくわかりました。ほとんどご自分からはお話なさらなかったのですが、あたたかい、穏やかな表情で、みんなの話を聞いては、うなずいておられました。

富山の実家にいつもあった『暮しの手帖』

富山県の私の実家には、母が買ったのか、姉が買ったのか、私が子どものころから『暮しの手帖』がいつもありました。私はまだ小さかったので、母や姉が読んでいるものを横から見ていたのですが、地に足が着いたというか、派手派手しくはないけれども、地方の小さな街で育った私にとっては、「こういう暮らしがあるんだな」というお手本のような本でした。

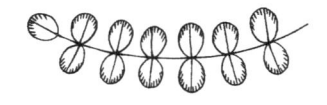

『すてきなあなたに』の連載がはじまった１９６９年は、私が大学を卒業して総理府に入省した年です。『暮しの手帖』を自分で買って読むようになったのは、それから少しあとの、結婚したころだったと記憶しています。『暮しの手帖』は、とてもオーソドックスな料理が紹介されていたのが印象的でした。『すてきなあなたに』は気の利いた、都会的で洗練されたエッセイという印象が強いです。富山の田舎から出てきた私には目新しい、洒落たライフスタイルが書かれていました。当時は、衣食住どれをとっても東京と地方の差が非常に大きかったのではないでしょうか。今はもう、テレビやインターネットで情報が入るし、買い物もできるし、大手チェーンのお店に行けば全国どこにいても東京と同じものがなんでも手に入りますが、私が東京に出てきた当時は、大学

に入って初めてレタスを食べたとか、初めてハンバーグを食べたとかいう時代ですから。

『暮しの手帖』や『すてきなあなたに』に掲載されたお料理は、どれも洒落たものでしたが、オーソドックスなレシピをとてもていねいに解説していて、カレーライスやハヤシライスを真似して作ったおぼえがあります。本当に「ていねいな暮らしの教科書」という感じでした。

ディテールが実に具体的
デッサンのような文章

結婚して子どもが生まれてからは、目のまわる忙しさのなかで毎日をすごしていました。子育てをしながら公務員を続けていた20代から30代は本当に時間がなくて、昔からあこがれていた『すてきなあなたに』の世界や、ていねいな暮らしとは、あまりにもかけはなれた世界に身を置いていました。40歳をすぎ、少しゆとりが出てきたあたりからやっと、時折『すてきなあなたに』を読んでは、しっとりと落ち着いた気持ちになって、「ああ、そうだ」と共感する時間が持てるようになりました。

特徴的なのは、天下国家とかの抽象的な議論ではなくて、ディテールが実に具体的であるということ。誰かに出会ったことで、たとえばその人のちょっとした仕草や言葉から広がっていく考察が、鮮やかな表現で記されている。絵にたとえるならば一筆描きと言うのでしょうか。時間をかけて独自のタッチを描き込んでいくというよりは、躍動感のあるデッサンのように描いていらっしゃるのが印象的でした。私も文章を書くようになって、主張をしないで自分の感じたことを上手に表現するということは、本当にむずかしいのだと痛感しました。議論ではなく、具体的なものから、具体的に人が発した言葉から、シチュエーションから表現するという手法が、これだけ多くの人々に愛される秘訣なのだという気がします。

大橋鎮子さんの描く世界は「ひらがなの世界」

私はずっと公務員だったので、身辺些事について表現するのがあまり上手ではないし、その機会も少なかったですね。私は「白書」ライターだったんですよ。婦人白書とか青少年白書とか、家庭白書も書いたし、いわゆる公的報告書を書くのがメインの仕事でした。「客観的に、私情を交えず、淡々と叙述するのが公文書の基礎」ということを叩き込まれていたので、『すてきなあなたに』とは真逆のことをやっていたわけです。

私の勝手なネーミングなのですが、大橋鎮子さんの描く世界は、「ひらがなの世界」だと思うのです。「手弱女《たおやめ》」というか、季節の変化だとか、もののかわいらしさとか、そういうことから普遍的なものにつなげていく手法なんですね。天下国家の大きい話から入るのではなくて、身近なところから描いていく。身近なところを描いておしまい、ではなくて、そこからどんどんと広がっていく、という感覚がひらがな的という気がします。

「春の女神」というエッセイがあります。東京では新緑の季節をむかえようというころ、1年の半分を雪のなかで暮らす新潟県の越後では、いちばん最初に顔を出した土のことを「春の女神」と呼び、村中の大人も子どもも、犬も、〝春の女神〟がつけた片足だけの小さな足あとを、喜びを噛みしめながらじっと見つめるという話です。本当に、一筆書きでさらっと書かれた文章という印象なのだけれど、情景が鮮やかに浮かんできて、「そうそう、雪が解けたときってこうなのよ」と思わずうなずいてしまう。私も雪国に生まれたので、子どものときを思い出しました。

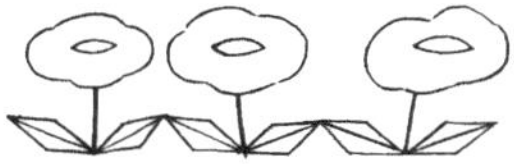

　大橋さんはときどき、ご自分の好きな詩を紹介されるのですが、「遠くなった日々」というエッセイでは、茨木のり子さんの「わたしが一番きれいだったとき」という、娘盛りの思い出がすべて戦争に塗りつぶされたことを述懐した詩を引用して、大橋さん自身の思いと重ねて書いていらっしゃいます。そうだ、大橋さんも戦中派だったんだ

な、とあらためて思い返した一編です。「日米安全保障政策の立法手続は違法だ」という議論よりも、よっぽどこの文章のほうが「戦争はごめんだ」という気持ちがよく伝わりますよね。

『すてきなあなたに』に出てくる、手縫いのエプロンだとか刺繍だとかは、私たちの暮らしからはまったく失われてしまっているものですが、今読んでもそれが古めかしく見えないというのは、やっぱり私たちのなかにそういう暮らしの「あるべき姿」があるということなのだと思います。なにもかもオートメーション化した便利で効率的な暮らしへの、一種のアンチテーゼとして、みなさんが今でも読み継いでいらっしゃるのではないでしょうか。

この50年で暮らしは大きく変わったと思いますが、人のやさしさというか、ちょっとさりげない粋な振る舞いだとか仕草だとか、そういったものはどんな時代になっても変わらないのかな。それを大橋さんはていねいに掬いあげていらっしゃると思いました。

50年で激変した
女性を取り巻く社会環境

大橋さんは編集者として、会社の社長として、まさに働く女性の先達だったと思うのですが、仕事だけではなくて、生活に足場を持ちながら活動をされていたんだな、と感じます。今どきの言葉で言うと「ワーク・ライフ・バランス」。会社を経営するということは、本当はとても大変なことだと思うんです。働いている人にお給料を払ったり、取次さんとの関係とか、山のように仕事があったでしょうに、ぜんぜんそういう影が見えません。本当にていねいに暮らしていらっしゃる。「どうしてこういう暮らしが可能だったんだろう?」と、今になっても実に不思議ですね。同時に、見習わなければならないという思いと、「私にはできないな」という思いとが交錯します。

「そうなんだ。男性とちがって女性はこういう暮らしがあるからこそ、すてきな人生を生きていけるんだ」という全面的に肯定したい気持ちと、「いや、こういう暮らしができる人というのは、本当にいろんな意味で恵まれている少数の人なんじゃないかな」という気持ちのあいだで、私自身も揺れ動きました。今は、というか20世紀の後半からずっとそうだったと思いますが、働く女性といえば、やらなければならないことの前で時間に追われて、あたふた暮らしている人のほうが圧倒的に多いのではないでしょうか。だから、『すてきなあなたに』の世界は一種の「ユートピア的な生き方」なのかな、という気もします。

この50年で、日本も、女性を取り巻く環境も、めまぐるしく変貌しました。50年代までは、子ども3、4人を育てながら女性も働くのが当たり前でした。ところが、60年代の高度成長期を経て日本がどんどん豊かになり、70年代になるころには、日本の有史以来、最も大量に専業主婦が生まれたのです。20世紀の後半は、かなりの数の女性が、結婚したあとは夫が一生生活を支えてくれるというフィクション……と言ったら怒られますが、想定のもとで生きることができたんですね。

1969年に連載を開始した『すてきなあなたに』は、日本が高度経済成長を経てバブルにむかっていく70～80年代、みんなが物質的な豊かさや贅沢な暮らしに惹かれ、手に入れようとする時代において、ある種の理想郷として存在していたように思います。そしてバブルが崩壊し、世の中がますます煩雑になっていった90年代以降は、どんどん現実との乖離が進んでいったのではないでしょうか。こういう価値観があることを良しとすべきであると思うんだけれども、一方で、そうでない圧倒的多数の人たちにとっては「暮らしのディテールをいつくしんで大切にしましょう」というようなことが、絵空事みたいに聞こえてしまう側面もあるのだと思います。

21世紀の今、男性は2割、女性は1割の人が、一度も結婚しないという世の中になってしまいました。たとえ結婚したとしても3分の1が離婚。加えてリストラ、失業、非正規雇用と、女性の一生を支える力を持った男性が圧倒的に少なくなってきた。だから当然、女性自身が働く力、自分を支える力を持たなければならなくなってきている。そのうえ、女性が働くためには超えなければならないハードルがたくさんあって、本当に心を失うほどの忙しい暮らしに直面している人が増えているというのが現状です。専業主婦が家庭のなかでは女王様で、手のひらで旦那を転がしていればゆとりのある暮らしができるという社会は終わりました。その現実は見ておかなければばいけないと思います。男性はなにかと「昔のほうが女性は幸せだったんじゃないか」と言うけれど、良いとか悪いとかを論じている場合でないほどに、否応無しに状況が変わってしまったのです。

男性でも女性でも、「長時間働かないと正社員のポストを維持できない」という現在の社会構造の下で、「多くの人たちは会社が要求することにあわせないと」「自分のスタイルを貫くことができるのは一部の恵まれた強者なんだ」ということも忘れてはいけないと思うんですよ。

たとえば子育ての話題で、よくできたお母さんたちや児童心理学者の人たちが、「子どもは無限の可能性を持っています。言うことにきちんと耳をかたむけて可能性を伸ばしてあげましょう」というような理想論を言うけれど、実際、仕事に家事に走りまわるワーキングマザーが、食事の支度の手を止めて、子どもの目を見て話を聞く時間をどれだけ捻出できるのでしょうか。「そうしたいのだけど……」という話ですよね。みんな、できることなら有閑階級のインテリの心やさしい女性のように生きたいんだけれど、なぜできないんだろうか。女性が男性と同じようにまともな仕事をしていくためには、やはり相当肩に力を入れて働かなければやっていけないと思うんです。まだまだネットワークも少ないし、すんなりとはいかない。「仕組みに乗っていればある程度の暮らしができる」という社会じゃないんですね。

女性が本当の意味で社会に参画するためには、まだまだ課題がたくさんあります。たとえば、誰しも結婚するときは「あたたかい家庭を作りたい」と願うんだけれど、うまくいかなくて3分の1は離婚してしまう。そういうシングルマザーの暮らしの現実はとても重くて、『すてきなあなたに』の世界とは程遠い。今、日本の働く女性の56%は非正規社員です。雇われて働く人の過半数が非正規で、年収300万円以下というような世界で足掻いているのです。そういう人たちが「パンのみにて生きるにあらず」「もっとゆとりのある暮らしを」「道端に咲く花に心を慰め、ガラスのびんに白い色の花を飾りましょう」と言われても……という。そういう現実があることを忘れてはいけない。むやみやたらに忙しがって心をなくしていてはいけないんだけれども、現実には、ガラスびんに白い花を飾っている余裕は、なかなかないんですね。

だから、一服の清涼剤として読むといいと思うのです。みんなが懐かしく思うような、かくあらまほしき日本人はこういう暮らしをするべきなんだよね、というのが『すてきなあなたに』の世界。でも、24時間、365日こういう暮らしをすることは今の女性にはできません。おそらく大橋さんだってここに書いていらっしゃらない、仕事でしゃかりきになっている時間や時期がたくさんおありだったと思います。そんななかでも、1日のうちの30分とは言わない、15分とか、あるいは3分でもいいから、ふと目線を上げる時間があるといいですよね。1日3分で3編、『すてきなあなたに』を読むだけでも、暮らしの視点をちょっと変えてくれて、広げてくれるのではないでしょうか。ふとたまに読んでみて、「ああ、そうだった」という感じで思い出す。「私と関係ない別世界の話」ではなく、すぐそばにある癒しとなるのではないでしょうか。

熾烈な競争社会のなかで現代女性が目指すべき場所

『すてきなあなたに』は、見事に政治、経済、社会のことは切りはなしています。いっさいの「あるべき論」を排除しているところが、このエッセイの特殊性だと思います。『暮しの手帖』という雑誌単位で考えたときに、社会的な発言は花森安治さんに任せて、大橋さんは別の視点で暮らしのディテールを提供します、という役割分担だったのでしょう。両方の視点があったからこそ『暮しの手帖』は魅力的だったのだと思います。しかし、それだけの理由にあらず、私は、「政治的なことを書かない」というのは、大橋さんご自身の意思表示もあったように思います。大橋さんがなにを切り捨てたか、なぜ書かなかったのか、ということも考えてみる必要があると思うのです。

大橋さんは社長としていろいろな苦労もされていたでしょうし、消費文明の猛々しいマーケティングの魔力も知ってらっしゃっただろうに、あえてそういうことについてお書きにならない。なぜなら、世間にとっては、そういうことを言挙げしない、主張しない女性のほうが魅力的だからなんです。私は、なぜ日本で女性の政治家がこんなに少ないんだろうか、なぜ社長が少ないのか、管理職が少ないのかということを考えたときに、やはりひとつの答えとして、女性が、がんばって主張することを良しとしない風潮が、未だに日本には根強くあるからだと思うんですね。

今、政府は、指導的地位における女性比率を引き上げるという目標を掲げています。私は、男性と同じような考え方をする女性たちが管理職で増えたとしても、管理職になるための競争が激しくなるだけで、社会は豊かにならないと思うんですね。じゃあその厳しい競争社会のなかで、男性とは違った価値観を持った女性が管理職になれるかというと、それもなかなかむずかしい。だから視点を変えて、男性があまり行かないところ、人材が足りない分野を目指すのが得策だと思いますし、それこそが女性が活躍する分野だと思っています。

昭和女子大学は産業分野別に「女性がいちばん働きやすい分野がどこか」という調査をしたことがあるのですが、たとえば銀行は、女性が長時間労働させられるわ、福祉が整っていないわ、管理職にもなれないわ……という状況なんだけれど、同じ金融系でも証券だとか保険は、女性が比較的に活躍しています。銀行にはまだ人材がたくさんいて、有能な男性がいっぱいいるから、とくに女性を登用する必要がないんでしょう。男性人材が相対的に少ない未開の分野のほうが、女性はチャンスが多いんじゃないでしょうか。だから、ＤｅＮＡのオーナーである南場智子さんのように、新しい分野で活躍する女性が増えていくかもしれないですね。

身のまわりも大切だけれど
もう一歩、外に踏み出すことも大事

今の日本の社会で、女性はどうあるべきか。やっぱり視野を広くしておくことが肝要だと思います。「玩物喪志」という言葉がありますが、ものを弄ぶあまり志を失うことを意味します。たしかに、「日常のささやかな喜び」とか「ていねいな暮らし」

はすてきです。でも、それだけに目を奪われていると、志がなくなってしまうということですね。志というのは、自分以外の人に目をむける、関心を持つこと。自分だけがすてきな暮らしをして、それで良しとしないこと。すてきな暮らしをする人が少しでも増えるようにするためには、思いきって「余計なお世話」をすることも必要です。不干渉を決め込んで「私には人様のことは関係ないんだ」と言っていたら、結果的にあなたの「すてきな暮らし」も壊れていってしまうんじゃないか、ということなんです。

そこへいくと欧米の人は、衝突しないで、人と人との関係をなめらかに維持するマナーが上手ですよね。「真心」とかそういうことではなくて、「技術」がある。ベタベタしない、友好的に人間関係を保っていくノウハウについて、欧米には良いヒントがたくさんあると思います。エレベーターでいっしょになった人に「こんにちは」「ありがとう」と言うとか、ベンチで隣り合わせた人に「その帽子、すてきですね」と声をかけたり。日本ではまずやらないでしょう。

大橋さんもヨーロッパをたびたび訪れて、見知らぬどうしがニコッと笑い合ったり、お年寄りの女性の手をとって交差点をわたったりというような、ヨーロッパの社会的マナーとしてのやさしさについて、たびたびふれられています。それは私も、アメリカで生活していたころに感じていたことでした。アメリカは日本にくらべればずっとずっと競争社会で格差社会。コアの部分は本当に孤独で厳しい社会なんだけれど、「見知らぬ人にどう振る舞うか」というパブリックマナーの水準は高いんです。そこは日本より進んでいるところですね。

これからの世代が豊かさとどうむきあっていくのか

私自身は田舎の生まれ育ちで、大学から東京に出てきて都会生活をしている人間なので、あまり洗練されていなかったな、とよく感じるんです。私だけでなく、おそらく東京に暮らす団塊の世代のほとんどは、地方の生まれ育ちなんですよ。中学を卒業して集団就職できた人もいれば、私のように進学でやってきた人もいる。故郷をはなれて自分たちがこの変化のなかで生き延びてきたわけで、まだ「東京」が身についていない。やっぱり私たちは「三代続く江戸っ子」とは違うわけです。

でもそれがだんだん、東京も、そして日本も、二代目・三代目の時代になってきて、生まれたころからなんでもそろっている世代が「豊かさとどう付き合っていくのか」ということが、新しい21世紀のライフスタイルのテーマなのではないかと思います。私たちの世代が『すてきなあなたに』の世界にあこがれたのは、自分がまだその域に達していなかったから。豊かさをまだ手にしていなかった、国内移民一世にとってはあこがれの暮らしだったと思うんだけれど、豊かに育った国内移民の二世・三世がそれぞれ自分たちのライフスタイルを作り出す時代になってきている今、彼らがこの『すてきなあなたに』を読んでなにを思うのか、というところに興味がありますね。

最近感じるのは、若い人たちのほうが、なんらかのかたちで世の中の不公正に働きかけたいという気持ちが強いということですね。ボランティアとかＮＰＯだとか、そういう活動をしている人が多いように見受けます。我々の世代も、60代ぐらいになって少しずつ時間のゆとりができてからは、取り組む人が増えていますけれど、若い世代はまだ20～30代のうちからそういうことに目をむける人が増えてきているという気がします。

私たちの世代が若いころは、『鉄腕アトム』に象徴されるような「今日よりも明日、明日よりも明後日、明るい未来が待っている」という世界を信じていました。でも、経済的に下降の一途をたどる時代に生まれた若い世代の人たちは、まったくちがった目線を持っているのでしょうね。ただ、そういう風に社会に目をむけていく若者がいる一方で、「なんか大変そうだから、自分の半径5メートル以内が幸せならそれでいい」という人も増えているのも事実です。「友だちからどう思われたか」とか、「LINEの返事がこない。無視されているんじゃないか」というような、狭い世界で気を遣っている人たちもすごく多くて。「もっと目を開けなさい」「窓を開けて外に出なさい」と言いたいですね。不景気とはいえ、60年代にくらべれば圧倒的に豊かで、便利で、清潔な今の日本において、守られたなかで、小さな私的空間に閉じこもっていてはダメですね。やっぱり外の世界を経験するということはとても大事だと思います。

若い人たちには、新しいことに立ちむかうパワーを持ってほしいと思います。パワーというのは、もちろん身体的な健康も意味しますし、精神的な力も意味します。うまくいかなくても、諦めてしまわない気持ちを持ってほしいですね。「どうせ私なんか」と諦めてしまわないで、「ダメかもしれないけれどやってみよう」という力が、とても必要なんじゃないかと思います。

その力を身につけるためには、小さな成功体験、小さな失敗から立ちなおる体験を積み重ねていくことが大切です。小さいことからはじめなきゃいけないんだけれど、それはあくまでスタートであって、限定しないでください、と。自分の半径5メートルで良しとしないで、身辺些事プラスアルファ、外にむかって、発信し続けることが大切じゃないかと思います。大声で抵抗しても、拳を振り上げても、世の中は変わらないかもしれない。でも、諦めないで小さな声でも低い声でもいいから、続けていくということですね。大橋さんが『すてきなあなたに』を書くことで実践なさったように。

ばんどう・まりこ　１９４６年、富山県生まれ。東京大学卒業後、総理府に入省。埼玉県副知事、ブリスベン総領事、男女共同参画局長などを経て、現在は昭和女子大学理事長を務める。おもな著書に『女性の品格』（ＰＨＰ研究所）、『美しい日本語のすすめ』（小学館）などがある。

3. こぐれひでこ

食べることは生きること

16年続くライフワークの「ごはん日記」で食べることの楽しさを毎日記録し、発信し続けているこぐれひでこさん。そんな彼女の「ごきげんな暮らし」を語っていただきました。

私にとって
フランスのソウルフードは
これかも。
SOUPE GRATINÉE
A L'OIGNON
オニオングラタンスープはたしかにおしょうゆの味がした。
こぐれひでこ

大橋鎮子さんは旅をするように暮らす人

『暮しの手帖』は私が中学生のころ、母が読んでいたので、ずいぶん昔から知っています。とても実直な雑誌という印象です。花森安治さんのイラストやアートワークもすてきだし、まったく広告がないというところにも、大いに好感が持てます。「商品テスト」で編集部の方が自ら商品を買って、本当に良いものかどうかたしかめる、読者は商品を買う際『暮しの手帖』をガイドラインにする、という発想は斬新で、素晴らしいと思いました。

同じような、暮らし関連の仕事をしているご縁で、２０１５年にポケット版『すてきなあなたに07』（暮しの手帖社）の解説のご依頼をいただきました。『すてきなあなたに』と、私がやっていることは、スタンスは近いですけれど、アプローチは違うんですね。けれども、読み物として、とても面白いです。

大橋鎮子さんは、旅をするように暮らす人だと思いました。毎日の暮らしが旅のよう。旅に出ると目の焦点がいろいろなものにあたるでしょ。日々の生活をただのルーティーンとしてすごしていると、「ああ、今日も同じように1日が終わった」という毎日がすぎていくだけで、そのまま年をとっていくんですけれど、彼女のような視点を持っている人はたぶん、家にいても、タクシーに乗っていても、パリの街を歩いていても、同じことなんですね。

「窓辺に雀がくるので、お米を置いておいた」というエッセイがありました。雀は、最初のうちは人がいると近づいてこないんだけれど、だんだん「この人が置いてくれているんだ」とわかって、人がいるところにもきてくれるようになる、と。ごく普通の生活のなかにも驚きとか感動とか、そういうものを持って暮らしていらっしゃる方なんだと思います。

また逆に、旅に出ても普段の生活と同じように、いろいろなものを見ていらっしゃると感じました。旅先の街で見かける人たちの普通の生活、日常の営みをすごく面白がって、あたたかい目で見ているという印象を受けます。

大橋さんほどしっかりとしていないかもしれませんが、私も世界のあちらこちらを旅するときは、わりとキョロキョロしている人でして、歩いていてもいろんなものを目に留めています。でも、東京を歩いているときも、世界のどこを歩いているときも、要するに違わないんですよね。そこは、私が大橋さんとちょっと似ているかなと思う部分です。

日常のなにげないものって、ひとつひとつは小さいけれど、それが折り重なってその人を形成しているのだと感じます。37年間住んでいた代官山は、ねむの木の並木道がずっと続いていて、6月になると白い花が落ちて道が真っ白になります。すると「ああ、今年も夏がきたんだな」なんて思ったりして。往来を見ながら、路線バスにずっと乗っているのも好きです。おめかしをした子どもたちを見ているのも好き。

代官山で思い出したけれど、『すてきなあなたに』に大橋さんが仲良し3人組で代官山に遊びにきたという話がありましたね。「トムスサンドウィッチ」でキャッキャ言いながらサンドウィッチを食べて——あそこのパンは堅いから、歯が丈夫な方だなと思ったんだけれど（笑）——そういう、年齢に関係なくお嬢ちゃんみたいな気持ちを持ち続けていらっしゃる方だな、というのを随所に感じて、とてもすてきだなと思いました。やっぱり私は、女子も男子も、いくつになっても少女っぽさと少年っぽさが残っていたほうがチャーミングだと思うんです。

けっこうハチャメチャな生活を送ってきました

食にまつわるエッセイも、お上手だなぁと思いながら読んでいます。短い文章のなかで、的確かつ明快で、あの匂い立つような描写は、さすがだな、と。私はあまり甘いものが得意ではないのですが、大橋さんは甘いお菓子についての文章をよくお書きになっていますね。それはきっと、大橋さんが戦中派だからなのだと思います。戦時中は本当に砂糖が手に入らなかった。だからこそ、こだわったんでしょうね。大橋さんにとって甘いお菓子は、平和の象徴なのかもしれません。ときどきダイエットのことなんかも書いていらっしゃるけれど、日ごろ大橋さんの使われている砂糖やバターの量のほうが気になる……というようなことが頭をよぎったり（笑）。

大橋さんと私は27歳はなれているので、ファッションについてはだいぶ違いますね。やっぱり時代ですよね。動いている時間と場が違うのは感じます。たとえば『すてきなあなたに』にパンクファッションの話は出てこないですものね（笑）。でも、私がもし大橋さんのような時代と環境に生まれていたら、もしかしたら彼女のようになっていたかもしれない。人はそんなに社会と無縁では育たないので。

大橋さんがいちばん私と違うと思うのは、正しいところです。人の悪口をひとつも言っていないし、一度も怒っていない。彼女が書いていることはすべて正しい。世間の良いとされていることからはずれてないです。きっと、がんばり屋さんで、すっきりして、強い方だったのだろうなと想像します。私は大橋さんみたいに清く正しく生きていないから（笑）。タバコも吸えばお酒も飲むという、けっこうハチャメチャな生活を送ってきました。そこが大きな違いかな。

忘れられない、パリで食べたオニオングラタンスープ

私は終戦から2年後の年、埼玉県の田舎で生まれました。誰も信じないかもしれませんが、体の弱い子で、よく熱を出していて。だからあまりたくさん食べる子どもじゃなかったと思います。食いしん坊になったのは、やっぱり親元をはなれてからでしょうね。大学で東京に出てきて、ひとり暮らしをはじめました。アパートでよく友だちと餃子を作って食べていましたね。挽肉を50グラムだけ買ってきて、それを大量のキャベツで水増しするんですよ。そのころはお金もないし、野菜炒めとか、簡単なものしか作らなかったかな。

大学を卒業してすぐ結婚し、パリに移り住みました。ここですっかり食に目覚めてしまいました。まだ20代半ばで、相変わらずお金がなかったので、あちらこちらのレストランにいって食べくらべるというようなことは到底できなかったのですが、街のデリやカフェ、ブーランジュリー（パン屋）にマルシェ（朝市）……フランスの食文

化の豊かさは、そこに住むだけで人を食いしん坊に変えるのに充分でした。

とくに衝撃を受けたのは、オニオングラタンスープ。あれを初めて食べたときは驚きました。飴色に炒めた玉ねぎがとっても甘くて、茶色くなったコンソメスープが美味しくて。なぜかそのとき、お醤油っぽく思えたんですよね。オニオングラタンスープって、むこうでは普通の食堂で出てくるような食べ物なんですよ。その「庶民の味」という感じがそう思わせたのかな。パリにいってしばらくはホテル住まいで、そろそろ日本食やお醤油が恋しくなるころだったんですね。だから、たまたま入ったカフェで食べたオニオングラタンスープの、お醤油みたいにほっとする味が沁みて沁みて。あのときの喜びと驚きは今でも忘れられません。あれから四十余年、未だにオニオングラタンスープは大好き。

フランスの豊かな土で育った野菜たちも素晴らしかった。家ではおもに、トマトファルシ（トマトの肉詰め）やアンディーブ・オ・ジャンボン（チコリのグラタン）など、野菜を使った家庭料理を作っていました。アーティチョーク（アザミのつぼみ）も印象深いです。よくマルシェで買ってきて、茹でて食べていました。初めて目にしたとき、インパクトのあるルックスと食べ方に驚きましたけれど、あの、こっくり、ほくほくとした、なんともいえない滋味は、なんだか中毒性がありますね。今、うちの庭でも育てていますよ。

毎日欠かさず記録し続けて16年
ライフワークの「ごはん日記」

パリでファッションを学んで、日本に帰国してから自分のブランドを立ち上げました。小さな会社でしたが、経営というのは本当に大変でした。自転車操業だったし、夜の9時10時まで仕事して、次の日は朝早く出勤、土曜日も出勤。夕食も、居酒屋みたいなところで適当にすませるという有り様。日曜日だけは休みでしたが、どっと疲れてしまって、なにか家で作って食べるという気持ちの余裕がなかったです。

そんな忙しい状況で10年間続けたブランドを畳みました。そのあと1年近く、なにもすることがなかったので、そこからなんだかんだと、家で料理を作るようになりました。暇だったので、作ったもので気に入ったものは、スケッチするようにして。その少し前、会社を経営していたころから、旅行にいって外食したときなどはスケッチとメモを残していたんですが。そんなころ、雑誌『流行通信』から、食に関するイラストコラムの連載をやらないかというお話をいただいて、ふたつ返事で「やる」と言いました。それがこの仕事のはじまりでした。人生、なにがおこるかわからないものです。

日本でしばらくイラストとコラムの仕事をしたあと、1989年に、ふと思い立って、パリに1年のうち2、3カ月をすごす別宅としてのアパルトマンを買いました。2回目のパリのときは、けっこういろんなところに食べにいきましたね。三ツ星レストランや、話題のビストロにもたくさんいきました。パリにいるときは食べたものや家で作った料理をイラストに描いてコラムにして日本に送って、連載を続けていました。外で食べて美味しかったものを家で再現したりして、このころ一気にレパートリーが増えたように思います。そのレシピをまた雑誌で紹介したりして。興味と仕事がいっしょになったので楽しかったですね。

フランスにアパルトマンを買ってから9年後、住んでいた代官山の家を建て替えました。結婚してからというもの、国内外のあちらこちらを転々としてきましたが、夫とふたりで一から建てた初めての家だったし、「ここにずっと住み続けるんだろうなぁ」という思いだったので、その家に住みはじめるのをきっかけに、なにか記録をつけたいと思ったの。それで、「ご飯って、毎日食べるものだし、いいんじゃない？」ということで、今はライフワークになっている「ごはん日記」がはじまりました。

最初のうちはポラロイドとスケッチだったんだけれど、それがデジカメになり、ブログになり……ということで、毎日欠かさず記録し続けて16年。ブログは2000年の2月にはじまりましたから、今年で17年目に突入ですね。

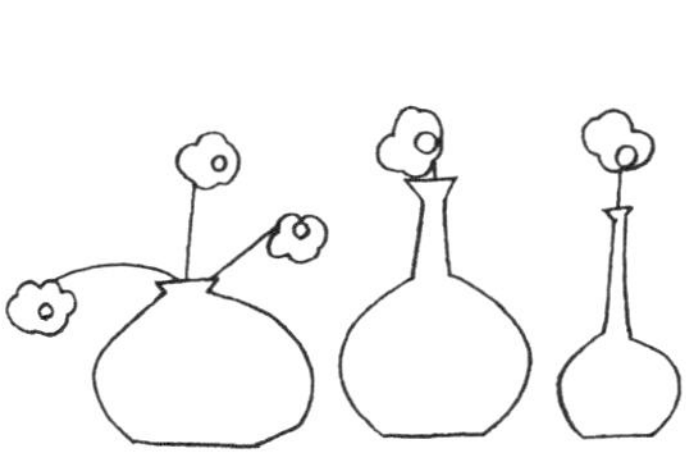

「16年も前からやっているのは私だけ」と思っていたら……

笑ってしまうのですが、最初に「ご飯の日記をやったら面白いかな」と思ったきっかけは、当時テレビで放送されていたヨネスケさんの『突撃！隣の晩ごはん』なんですよ。人の家のご飯って、見る機会がないだけに、面白いじゃないですか。それを日記でやったらどうかな、というのがアイデアの発端でした。

それから、たとえばこの日記を100年後の人がどこかで発見したら、なにを思うのかな、と思ったんです。「100年前の人はこんな食生活をしていたのか〜」なんて。これもひとつの食の歴史だし、文化ですよね。2002年ぐらいまではポラロイドとスケッチでやっていて、そのころのものは今もアルバムに貼って「物」として残っていますけれど、デジカメに移行してからは、すべてデータです。

それで、毎日欠かさず食べたものの記録をつけているのは私だけ！　と思って得意顔をしていたんだけれど、2005年にドクター中松さんがイグノーベル賞の栄養学賞を受賞されたときに、34年間も食事の記録を残していたということがわかって、「完璧に負けた!」と(笑)。

「これだけ長いあいだ、毎日続けられる秘訣はなんですか?」と、よく聞かれるんだけれど、答えは単純で、「毎日必ず食べるから」。わざわざなにかやらなくてはいけないとか、特別に準備しなくてはいけないというものじゃなく、日常の一部じゃないですか。だからぜんぜん苦じゃないんですね。写真を撮ってブログにアップするところまで含めて、完全に生活の一部になっています。でも、ついつい写真を撮るのを忘れてしまって、夫や友だちに「ほら写真写真!」と言われて、慌てて食べている途中のものを撮ったりすることも(笑)。ときどき完全に忘れてしまったり、二日酔いで食べられないときは、イラストを描いてアップしています。

食べることは大好き
でも、こだわりたくはない

よく話題になる「もし明日死ぬとしたら、最後になにを食べたい？」という質問。私もこれまで友人知人、いろんな人にしてきたんだけれど、意外なことに、「卵かけご飯」という意見がとても多いんですよ。私がその質問をよくしていた4、5年前は、「私は違うな」と思っていたんだけど、最近「あれ？　やっぱり卵かけご飯かな？」と思ってきています（笑）。昔は「美味しいぬか漬け」と言っていたの。でも最近、自分でも美味しいぬか漬けを漬けられるようになっちゃったので、なんだか当たり前になってしまって。けれど、埼玉の祖母の漬けたぬか漬けには、一生かなわないかもしれない。

うちの母は働いている人だったんです。学校の教師でした。だから祖母が作った料理を食べることが多くて。とても料理上手な人でしたね。祖母のぬか漬けは、なにも特別なものを入れているわけじゃないんですよ。よくニンニクを入れたり、みかんの皮を入れたりするけれど、そういうことではなくて。味の秘訣はたぶん、祖母の「手」ですね。塩味が薄くて、ちょっと酸味があって、ぬかのいい香りが、ぱぁっと口のなかに広がる。祖母のぬか漬けは一生再現できないし、私にとっての「ソウルフード」ですね。

やっぱり人間の原点って、ご飯なんでしょうね。食べ物というのは飽きないから。「食べるものなんてどうでもいい」という人って、たまにいるけれど、いっしょには暮らせないな、と思ってしまう。大橋さんも、そういう気持ちが強い方ですよね。私よりはずいぶんお上品だけれど。

誤解されがちなのですが、私は「グルメ」でも「食通」でもないんですよ。ただ「食べることが好き」というだけ。こだわりたくはないですね。「こだわり」って、ときには必要なのかもしれないけれど、ひとつのことに病的に固執したり、自分の行動の範囲を狭めてしまうのは、つまらないですよね。

だから、ジャンクなものも好きですよ。日清のチキンラーメンは大好きです。中学生のとき、学校のそばにある文房具屋さんで売っていて、お湯と丼を使わせてくれて、店内で食べられるんですよ。私たちが食べていたころは、まだ生卵を落とすための「くぼみ」がない時代ね。あれは美味しかったなぁ。学校では下校途中の「買い食い」は禁止されていたから、ちょっとした「悪さ」の思い出です（笑）。

インスタントラーメンも食べるし、マルちゃんの焼きそばが好きです。「ごはん日記」にアップしたりもしていますよ。ついこのあいだの日曜日にも食べました。キャベツともやしを目一杯入れて。日本の調味技術は素晴らしいと思いますよ。ああいうものでも美味しいものね。

それから、やはり、貧乏学生のときによく作った餃子。これはとんでもなく大好きです。町を歩きながら、いつも美味しい餃子を探していますが、餃子ってむずかしいんですかね。美味しい餃子屋さんはそうそう見つかるものではありません。餃子は「なにがどうだから美味しい」とか、「美味しい餃子の条件」というようなことが答えられないんですよ。そこがむずかしさであり、奥深さなのかもしれません。そんななかでも、「亀戸餃子本店」の焼き餃子、代々木公園「大番」の焼き餃子、熱海「壹番」の水餃子がお気に入りです。

こぐれ式・
美味しいお店を見つけるコツ

海外で食べた「忘れられない味」といえば、パリのオニオングラタンスープとならんで、イタリアで食べたマルゲリータかな。

イタリアの〝ブーツ〟の、いちばんつま先の場所にある、レッジョ・ディ・カラブリアという町のピッツェリアなんだけれど、たまたま見つけたんですよ。生地がすごく薄いタイプのピザ。今でこそ日本でもポピュラーになったけれど、あの当時、1986年ぐらいだったかな？　日本でそういうピザを出しているお店は、まだあまりなくて。男友だちとふたりで旅行していて、シチリアにわたろうと思い、レッジョ・ディ・カラブリアにたどり着いたら、やけに長い行列ができているピッツェリアがあったの。あまり並ぶのは好きじゃないんだけれど、なにか感じるものがあってお店に入りました。友だちがマルゲリータを注文したら、ものすっごく大きいわけ。ふたりでシェアするにしても大きすぎて。「こんなの食べきれるわけがない！」って怒ったんだけれど、ぺろっとたいらげてしまった。あんなに美味しいピザは生まれて初めて食べました。あれはもう一度食べたいなぁ。

そういう、「たまたま」とか、「なにかピンときて」というお店に入って、美味しかったときの喜びといったらないですよね。今はテレビやネットにグルメ情報が氾濫しているけれど、やっぱり自分の勘と足で探さないと……なんて言いつつ、私もたまに「食べログ」を参考にしていますけどね（笑）。

でもやっぱり、自分で探さないとダメよね。失敗してもいいんですよ。これは食べ物だけじゃなくて、暮らし全般に言えることかもしれない。まずいお店にあたってしまったとしても、それも経験。あれってけっこう、笑っちゃうのよね。本当にまずいお店にあたると、なぜか逆にうれしい。

たまに失敗することもあるけど、美味しいお店を見つける勘はあるほうだと思います。ヨーロッパだと、こぢんまりとした小さなお店で、カフェカーテンっていうのかしら、窓の3分の2ぐらいが隠れる、棒にとおすタイプのカーテンがあるじゃないですか。なぜだかわからないのだけれど、あれをしているお店は美味しいところが多いです。わりと家庭的な料理を出すお店が多いわね。威張っていないの。そういうお店はたいてい、地元の、近所の人がよくくる感じで、「アタリ」のことが多い。それから不思議と、入り口がブルーのペンキで塗ってあるお店に「アタリ」が多いです。

海辺の家でのスローライフ 地元食材に感激する日々

２０１２年に、横須賀に家を買いました。そのころ、夫婦共々65歳をむかえていて、「もう少しコンパクトに暮らそうか」という話になったんです。代官山の家は、写真家をやっている夫のスタジオも兼ねていて、すごく大きな家だったんですよ。そろそろ維持していくのが大変になってきた、こんなに大きな家に老人ふたりで住んでいるのも問題だ、ということになって。

あるとき、ネットで不動産情報を見ていたら、海がぱっと見える家が売りに出ていたんですよ。まさか住むとは思わず、冷やかし半分で見にいってみたんですね。そうしたら、「なんだかいいね」ってことになっちゃって、買ったんです。しばらくは週末だけの家として使っていたのですが、2014年に無事、代官山の家の買い手が決まりまして、横須賀に完全に移住しました。横須賀市民としては1年3カ月ちょっとと、まだまだ新参者です。

横須賀といっても、葉山の隣の、逗子寄りの場所で、海以外になにもない、のどかなところです。それまでの、都心の便利な暮らしとはガラリと生活様式が変わってしまったので、最初のうちは戸惑いました。でも今はすっかり慣れて、すごく気に入っています。週に一度、三浦半島の先のほうまで、食料調達のドライブにいくんです。市場があって、直売所があるの。野菜も魚も美味しいですよ。食べ物を買いに出かけるのがすごく楽しい。運がいいのか悪いのか、近くに美味しいレストランや食べ物屋さんがほとんどないから、自然と家で作って食べる回数が増えました。最近は夫も料理をおぼえてきて、たまにキッチンに立っています。わりと器用な人だし、私と同じく食べることが大好きなので、ぜったい料理がうまくなると思うの。だから、仕込もうと思っています。

夫がメインでやっているんですけれど、庭で少し野菜も育てています。レタスとかアーティチョークとか、まだ種類は少ないんですが。摘みたての野菜を食べられるというのは、このうえない贅沢ですね。まあ、善き〝ジジババ生活〟ができていますよ。都心での生活から「次の舞台」に変わったという感覚ですね。毎日楽しいです。

海の近くなので、圧倒的に1週間のメニューのうちの「魚率」が増えました。土日に漁港の直売所に行くと、「お値打ち品」にめぐりあえます。築地卸市場は日曜日が休みだから、売れ残ったいろんな魚をトロ箱に入れて1000円で売っているんです。日によって入っている魚が違うんだけれど、白身魚がいっぱい入ってるときは、それでブイヤベースを作ります。一昨日は友だちの家にお呼ばれして牡蠣を食べまし

た。そのときどきで出てくる食材がバラバラなんだけれど、すごく豊かで、面白いです。都心のスーパーだったら1年中いろんなものを売っているけど、このへんはあまりたくさんの種類を売っていないの。そのかわり、季節ごとの「旬」に忠実で、とても新鮮。こっちにきてから、「あるもので作る」という考え方に切り替わりましたね。「今日はこの食材が手に入ったから、どう料理しよう」と考えるのが楽しいです。
週に一度の〝食料調達ドライブ〟で「三浦野菜」を買うんですが、日本ではあまり見かけない西洋野菜なんかがあって驚きます。三浦あたりの農家の方って、なかなかチャレンジャーで、いろんなものを作っているんです。「今週はなにがあるかな」と、毎度楽しみで。横浜・横須賀や湘南地区のレストランのシェフたちが買いにきていて、「うちでこの野菜使うから、作ってよ」と、言われるままにやってるうちに、

こんなに種類が増えちゃった、という話。私たちがよく行く直売所の方は、旅行会社とコラボレーションして「アグリツーリズモ」という、食の産地を訪ねてまわるツアーを企画しているそうです。それから、一軒家の自宅の裏で小麦を作って、その小麦でパンを作って売っているお店なんていうのもあったりするんですよ。

「SYOKU - YABO」という、農園と屋台レストランを同じ敷地内で経営している施設があって、ちょくちょくいきます。「糅飯《かてめし》」という名の、どんぶりご飯の上に、大根と豚の挽肉を炒めただけというような、ちょっとしたおかずが乗っている主食に、小鉢ふたつと、お味噌汁がついている、昔ながらのシンプルなご飯。お味噌汁は、40種類あるお味噌のなかから選べるのね。これが本当に美味しくて。自然に囲まれた環境もあるのかもしれないけれど、「普段はあんなにいっぱい食べられない」という量をついつい食べてしまいます。そんな、都心からはなれた場所ならではの、ユニークなお店が多いですね。これからもいろいろと探索していきたいです。

横須賀や三浦の人たちの多くは、夏になると靴を履きません。みんなビーチサンダル。あと、女性はリゾート地で着るような丈の長い、ゆったりしたマキシワンピを着ています。たいていの家にサーフボードが立てかけてあったり、全体的に独特の「ゆるさ」がありますね。私は今のところまだビーサンもマキシワンピも着用していません。でも、これまでいろいろなところを転々としてきて、どこも「住めば都」「郷に入っては郷に従え」だったので、来年の夏ぐらいにはビーサンを履いていたりして(笑)。

友だちとわいわい楽しく
こぐれ家の〝ハレの日〟の料理

ホームパーティというほど大それたものではないのだけれど、友だちと「久々に会わない？」という話になると、いつも会場がうちになります。私の許可もなしに勝手に決まっちゃうんですよ(笑)。まあ、東京からわざわざ2時間かけて来てくれるので申し訳ないという気持ちもあって、できるかぎり美味しいものを作ろうといつも思っています。

長野に信州サーモンを川で養殖しているところがあるんですが、それがすごく美味しいの。そのサーモンを取り寄せて、小さい手鞠寿司はよく作りますね。だいたい昼の1時か2時ごろからはじめるんだけど、みんなお腹空かせてやってくるから、パクパクと食べて、すぐになくなっちゃう。ほかには野菜系のものと、そのあとはいろいろなんですけれど、揚げ物は必ずひとつ入れます。煮物もちょっと入れるわね。

それから、私の幼なじみが伊豆半島でハンターをしていて、最近、猪とか鹿を送ってくれるんですよ。それを使ったジビエ料理をけっこう出しているかな。寒い季節限定のメニューです。もともとジビエなんてやったことなかったんだけれど、巨大な塊ごと送ってくれるから、「さてどうしよう」と、調べたりして。そういう、肉を焼いたりするのって、やっぱり男の人が得意じゃないですか。だから、ここのところはもっぱら夫がジビエ担当です。このあいだは猪の赤ワイン煮なんていうのを作っていたな。あと、鹿の背ロースという部位を送ってもらったときは、知り合いのイタリア料理店のシェフに焼き方を教わりました。フライパンで5分焼いたものを網の上に乗っけてフタをして休ませ5分。またフライパンで5分焼いて網の上でフタをして5分、というのを繰り返してゆっくり火をとおしていくと、柔らかくしっとりと仕上がる、と。さっそく「男の料理」で夫が実践してみたら、これが本当に美味しかった。

好奇心と食への探求心は忘れないでいたい

このあいだ、漁港の直売所で見た目がすごくグロテスクな「ゴッコ」という魚を売っていたんです。丸くてどす黒くて、ぶよぶよしていて、ぬめぬめしていて、巨大なオタマジャクシみたいな魚なの。「なにこの気持ち悪いの〜」なんて言って、買うのは嫌だと思ったんだけれど、夫が「食べてみようよ」と。うちでは基本、魚は自分で捌くようにしているんだけど、これはさすがに捌くのは嫌だと言って、漁港で捌いてもらって。家に帰って鍋にして食べてみたら、これが存外美味しいの。ぷりぷりで、コラーゲンの固まりでした。猪や鹿もそうなんだけれど、見慣れない食材にチャレンジしていくのは楽しいですね。「失敗してもいいから、とにかくやってみよう」というタイプのジジババです、うちは（笑）。

食べることに関してはもちろん、なにに対しても言えることですけれど、「面白いかも」と思ったことは、躊躇せずに挑戦することが大事なんでしょうね。住まい方、生き方についてもそうだと思います。どういう風にしたら面白いか、気持ちいいか、美味しいか。みんな、美味しいものが好きなんだったら、「食べログ」でお店を探すだけじゃなくて、自分でアイデアを絞ったり、工夫したりということを、どんどんやってみたらいいと思います。そのほうがぜったいに楽しいですよ。

そのへん、うちの夫婦はもう、心から堪能していますね。バカみたいだけれど、美味しいものを食べるとふたりで拍手したりして（笑）。単純なの。これで太らなきゃいちばんいいんだけれどね。それが困ったものです。

もうすぐ70代になりますが、とくに抱負はないです。このままいきます。今まで楽しかったから。本当に「人生楽しくさせていただきまして、どうも」という感じなので、もうオーケーですよ。いつ死んでもいいと思っています。このまま、いろんなことに興味を失わないで生きていければうれしいですね。

でも、やっぱりだんだんと失っていってしまうのかな……。うちの夫の母が2年前、100歳と8カ月で亡くなったんです。彼女なんて、いろんなことにいっぱい興味を持っていた人なのに、100歳にもなるとさすがになくなるものなんですね。仕方ないのかな、とは思うんだけれど、なるべく好奇心を維持できればいいな、と。あと20年で89歳ですからね、相当な年ですよ……って、そんなに生きる気なのか、私(笑)。

昨今、若いお母さんたちのあいだでも、子どもへの食育の大切さが叫ばれていますが、とてもいいことだと思います。横須賀に引っ越してから、ご近所に子どものいる世帯が多いので、最近よくそういうことを目の当たりにします。親の育て方の違いで、好き嫌いの多い子と、なんでも食べられる子が、きっぱりと分かれていますね。やっぱり、なんでも食べられる子のほうがかわいいなと、私は思うし、本人たちもそのほうが、この先楽しい人生を送れると思いますよ。

私にとって、食べることは生きることとです。だって、食べないと呼吸ができなくなっちゃうでしょう？　本当に生活の中心ですね。まず「なにを食べるか」というところから、なんでも出発している人生だった気がします。「食物を摂取するだけの行為」では、ただ生きているだけ。食べることは、人生を面白く楽しく、豊かにする、最高のツールなんです。

こぐれひでこ　１９４７年、埼玉県生まれ。東京学芸大学卒業後、結婚しパリに渡航。帰国後、ファッションブランド「2C.V.」を立ち上げる。１９８５年『流行通信』で連載を開始し、イラストレーター・コラムニストに。雑誌・書籍のほか、ブログ『こぐれひでこの「ごはん日記」』を連載中。

4.

石黒智子

——見つけて、吟味して、選ぶ
独自のライフスタイル

つねに生活者の視点から、
堅実でシンプルな暮らしを
追求してきた石黒智子さん。
「道具選び」から「嫁姑問題」まで、
ムダなく賢く生きる極意を綴っていただきました。

さがしものは
あると思って探しなさい

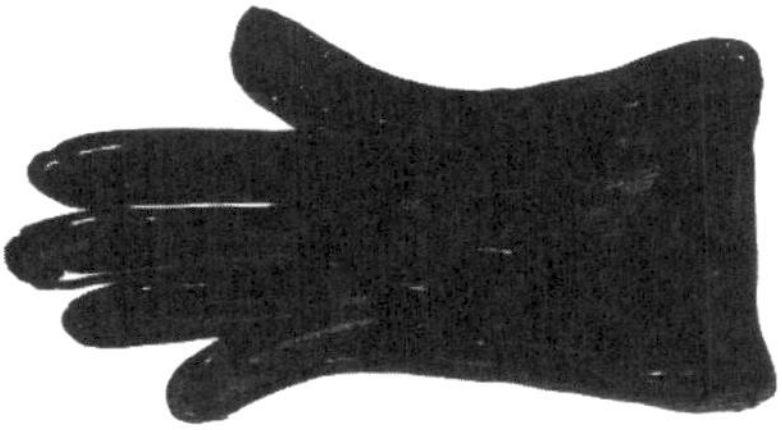

石黒智子

『すてきなあなたに』が〝心の印籠〟だった

「よりよく生きるということは戦うということ。人生の戦いから逃げてばかりいては幸せになれませんよ」と、『すてきなあなたに』はいつも私に力強く語りかけてくれました。私の戦いにおいて『すてきなあなたに』はこのうえない頼もしい武器であり、希望でした。

私の夫は3人きょうだいの末っ子。夫の姉は12歳年上、兄は9歳年上。ふたりともに戦前生まれ、夫は戦後生まれです。姑は、実家の母より12歳年上。家のなかでいちばん年下である嫁の私に発言権などまったくありません。姑はなにかのたびに舌打ちし、「まったく癪に障るわね」と吐き捨てるように言うのです。姑の価値観と、戦後に結婚して子どもを教育した私の母のそれとは、あまりに隔たりがありました。私は実家の母の舌打ちを見たことがなかったし、「癪に障る」という言葉を耳にしたことがありませんでした。

私ひとりで戦いに挑むのは無謀でした。でも、実家を巻き込むのは戦火を拡大させるだけのように思えました。そんなとき、私の後ろ盾になってくれたのが『すてきなあなたに』の励ましです。姑から理不尽なことを言われたときは「『暮しの手帖』の『すてきなあなたに』に、こんなことが書いてあったわ」と小さな声で応戦したのです。

それは、「私はこのように思います。このようにしたいです」と叫ぶより100万倍も説得力がありました。母からの教えをそのまま「実家の母が、こう申しておりました」と言っては角が立ちます。そういうときは、実家の母に大橋鎮子さんをかぶせて「『すてきなあなたに』に……」と切り出すのです。姑とその後ろに仁王立ちする（ように私には思えた）7人の義叔母と義伯母と義姉たちにとって、大橋鎮子さんと『すてきなあなたに』は黄門様と印籠。「この紋所が」の代わりに、「『すてきなあなたに』に」と続けると、その言葉の響きと相まって絶大な効力を発揮しました。

おかげで姑が92歳で亡くなるまで、一度の喧嘩もなくすごせました。姑を嫌ったことはありません。義姉の悪口、陰口を言ったこともありません。そういうことの愚かさも、すべて『すてきなあなたに』に学びました。婚家との壮絶な戦いは、口論ではなく沈黙で応じました。距離をおいて年月が解決するのをひたすら待つことのほうが賢明だと思ったからです。

突然「同居したい」と言い出した姑

家を建て替えることになったとき、1階が姑と長男家族、2階が私たち次男家族と決まりました。1階はすべてが姑の希望どおりの設計です。自分の部屋は居間に続く10畳の和室に2間の押入、仏壇と床の間つきです。

家が完成して間もなくのことです。義姉をともなって2階へ上がってきた姑は、私たちの息子である孫がいちばんかわいいから、いっしょに暮らしたい、と言い出しました。1階には長男の息子であるふたりの孫がいます。その子たちから、大好きなおばあちゃんを奪うことになります。その子たちに説明ができません。居住面積から考えても2階に4人の同居は無理でした。私が設計した2階は収納が少ないのです。私たちの持ち物の何倍もある姑の物の置き場がありません。床がすべてナラのフローリングの洋間で和室がありません。掛け軸をかける床の間も仏壇もありません。今さら1階との交換も考えられませんでした。1階はひとり用にコンパクトに設計された既成のダイニングキッチンで、ガスコンロは最大で2800カロリー。ガスオーブンです。200Vのコンセントがありません。洗濯機と乾燥機は洗面所に置きました。

それに対して、2階の我が家は家族や来客みんなで使うために私が設計したオーダーメイドの独立キッチン。ガスコンロは最大5200カロリー。200Vのドイツ・バウクネヒト社製の電気オーブンです。奥に洗濯機と乾燥機を並べて設置しました。室内干しができるように床置きの乾燥機の上にパイプをわたし、ハンガーを吊るしました。雨の日、タオルは乾燥機で、下着や手洗いのシルクは上に干すと、乾燥機から上がってくる熱で、乾きやすいのです。1階の倍以上の広さに、図面を見た姑は「経験者の私に言わせれば、広い台所は散らかるだけよ」と冷ややかに非難いたしましたが、200Vのコンベクション・ウォールオーブンや直冷式の冷蔵庫、室内干しの場所があることに目を見張り、世代の違いを痛感したようでした。

私と夫は姑の突然の申し出に困惑したものの、このときだけは『すてきなあなたに』を引用しませんでした。一生に関わることです。姑、長男家族、私たちの家族、みんなにとって、最もふさわしい暮らしはどうあるべきか、と話し合いました。義姉は実母の願いを叶えてあげたい一心のようでしたが、現実的ではないことをすぐに理解してくれました。結局、姑は元どおり、長男家族と暮らすことになりました。

姑にとって、長男家族との同居は、私たちと暮らすより、ずっとずっと幸福だったと思います。普段は長男家族とすごし、年に数回は私たちと旅行に出ました。最期まで二世帯で在宅介護ができました。

「『おひとつどうぞ』って
お勧めするものですよ」

姑の存命中、物が捨てられないというので何度も片づけをさせられました。夫とふたりで1回の片づけに1週間。そのときも『すてきなあなたに』の言葉をいくつも思い出しました。すると、不思議に心が晴れ、足の踏み場もないゴミの山の片づけを淡々とこなすことができました。

姑のゴミの山の内訳を一部書き出してみますと――

壁と家具の隙間に詰め込まれた紙袋／ソファの下に押し込められたダンボール／ダイニングテーブルの上に積み上げられた雑誌やカタログ／下には紙袋に詰め込まれた古新聞（ダイニングテーブルが機能していないので、食事はテレビの前に置かれた卓袱台ですませていたようでした）／居間のカーテンレールにはピンチつきの洗濯物ハンガーがブラブラといくつも吊り下げられたまま／庭には蟻の巣と化した机と椅子／焦げ付いたフッ素樹脂加工のフライパン／一部が熱で溶けたプラスチックのザル／

ベークライトの把手が片方焼け落ちた鍋／底のすり減ったサンダル／破けたゴム手袋／割れたプラスチックの植木鉢

……などが、放りっぱなしで何年も経っていました。

姑が長期の入院が必要と診断されたのは80歳のときでした。病院食が口に合わないから手料理を運ぶようにと私に懇願。姑の注文は、たとえば、紀ノ国屋の14枚切り食パンをトーストして片側にカルピスの無塩バター、片側にｋｉｒｉのクリームチーズを塗ったサンドイッチ。2日分のサンドイッチを病院の共同冷蔵庫に入れておくためには、往復4時間を要しました。近所のスーパーに紀ノ国屋のパンはありません。私は見舞いの帰りに途中下車し、デパートの地下食品売場に立ち寄らなければなりませんでした。

姑は食事の時間になると、共同冷蔵庫から病室まで、自分で運んで食べます。「隣のベッドのおばあさんが、『あんたは嫌なババアだね』って言うのよ。ひがんでいるのよね。『あなたもお嫁さんに作ってもらえばいいでしょ』って言い返したら、鬼の形相で睨まれたわ」と、ご本人を横にしていながら、舌を出してさらりと言うような人でした。私は、「もし大橋鎮子さんだったら『すてきなあなたに』のなかでこう言いそうだな」と思いながら、「そういうときは『おひとつどうぞ』ってお勧めするものですよ」と返しました。「病室も世間です。自分が楽しく生きるために、社交上手にならなくては」とつけ加えると、お隣のベッドのご夫人は目を細めて笑顔になりました。

あるとき、見舞いが重なっていっしょに帰る道すがら、義姉が「比較してはいけないのだけれど、自分の母親は姑より千倍も素晴らしい」と婚家の愚痴をとつとつとこぼしました。義姉は核家族のマンション暮らし。別居の姑に気兼ねなどない、と聞いていましたが、どこの家でもそれなりに複雑な事情を抱えているのだろうな、と察し、「お気持ち、とてもわかります。私も自分の母親のほうが姑より千倍素晴らしいと思います」と加勢したかったけれど、私の姑は義姉の実母です。「そうですね……」と最小限の相づちでお茶を濁すしかありませんでした。しかし、「……」の部分にこめられた意味を察したようで、義姉は視線を落とし、口をつぐみました。私は姑のために病院へ食事を運んでいることを話しませんでした。

それ以来、義姉から婚家の悪口を聞かされることはありませんでした。というより、話をしたことがありません。ひとまわり以上の年の差では共通の話題がありませんでした。私が毎日原稿を書いていることも、雑誌の企画や商品開発に関わっていることもまったく知りません。義姉は当時すでに長男が結婚していて、自身も姑でしたが、嫁についても語ることはありませんでした。

姑の入院介護で身についた快適にすごすための道具の選び方

姑は80歳という高齢にも関わらず、入院の準備をまったくしておりませんでした。そのために、私は必要なものをその都度運ばなければなりませんでした。おしゃれな姑が気に入る寝間着を探すのは大変でした。でも、その経験から私は「入院の準備は、事前にしっかりしておかなければならない」ということを学びました。姑のために選んだ寝間着は、前開き薄手の長袖、小さな襟で胸ポケットがついたベージュのワンピース。洗面のとき、たくし上げた袖がずり落ちないように、シャーリングテープでアームバンドを作りました。病室から出るときに重ね着するベストは、長めで軽いフリース。寝間着の色に合わせたオレンジ色です。スリッパは外履き用のものから探した黒の牛革。薄いゴム張り底で滑り止めの溝がついています。小さなまな板とナイフ、湯飲みとマグ、ファーストエイドキットのポーチのなかには洗面道具、耳かき、爪切り、爪ヤスリ、シャワーキャップ、ハンドタオル、ソーイングキット、洗濯バサミ、クリップ、紙ハサミ、ボールペン、メモ帳、シャーリングテープ、櫛、ピンセット、ホイッスル、小さな香水、手鏡……など思いつくまま入れました。ポーチは、どこかに置き忘れても自分のものとわかるように、手ごろな価格で特徴のあるものを選びました。赤いボールペンはフランス製、白いプラスチックまな板はドイツ製。ナイフは姑が使い慣れている、持ち手が黒のビクトリノックス。紙ハサミはうっかりゴミに紛れることがあっても音でわかるように、鈴の根付けをつけました。

見舞いの際、私が病院で洗い物するときのために、オレンジ色のチェックのエプロンを買いました。実家の母が「入院されている方はみなさんお辛いのだから、あなたが普段身につけているモノトーンでは気持ちが沈むのよ。エプロンも明るい色でね」と助言してくれました。それも荷物のなかに入れました。

介護の必須アイテム ナプキンチェーン

洗濯をしていて気づいたのは、寝間着の胸元が食べこぼしで汚れるということでした。ネルに染み込んだ醤油のシミはなかなか落ちません。ナプキンを首から吊り下げられるクリップのついたナプキンチェーンが必要です。姑のために、シルバーチェーンの先に、カフェカーテンで用いるクロームメッキ製のクリップをつけたものを手作りしました。

ある日、姑とホテルのレストランで食事をしたあと、うっかりナプキンチェーンをテーブルの上に忘れてしまいました。会計の前に気がついて急いで戻ったのですが、テーブルの上にも下にも、どこにもありません。ウェイターに訊いても、わからない。たった3分ほどのあいだに誰かに盗られてしまったようです。とてもショックでしたが、もし、シルバーチェーンでなかったら、盗られることはなかっただろうということで、次に作ったのは、帽子用の黒のゴム紐にステンレスのボストンクリップをつけたものです。これは、息子が小さいころに使っていたものと同じです。大人が使うには「すてき」とは言えないけれど、置き忘れても惜しくありません。介護で使うものは、忘れることや、なくなることもあると考えておかなければなりません。

姑の介護をするようになってから、市販のナプキンチェーンにとても興味がわいてきました。幼児用のものでは、「ナプキンクリップ」という商品名のものがいくつかありました。イギリス製で、ベルベットのリボンにプラスチックのクリップのついたかわいいものも見つけました。女の子用のクリップは白いデイジー、男の子用のクリップはプロペラ飛行機でした。

デパートで訊くと、着物用のナプキンチェーンがありました。慶事用の華やかな金属製で金メッキかニッケルメッキ。装飾がついているため、ずっしりと重い。洋服や寝間着で使用するにはチェーンも長すぎました。

理想的なナプキンチェーンに出合ったのは、２００６年のクリスマスでした。長さ45センチのシルバーチェーンに銀メッキ製の楕円クリップがついて、重さ10グラム。シンプルなデザインで、ひと目惚れでした。神様からのご褒美だと思って、自分用に買いました。法事や結婚披露パーティなどにピッタリで、食品評価の仕事のときにも愛用しています。

そのナプキンチェーンは、ドイツのＷＭＦ社製で、輸入元は貝印株式会社でした。当時、私は貝印で台所道具の商品開発に関わっておりました。開発部の西村さんにメールを出すと、すぐに調べてくれましたが、すでに本国でも廃番、現在ある在庫のみで再販は不可能とのことでした。

私は、暮しの手帖社から出版予定の『わたしの台所のつくり方』という本を執筆中でした。「現在庫のみ」という輸入品を取り上げるのにはためらいがあったのですが、読者にナプキンチェーンという商品があることを伝えたかったたし、読者のなかには、自分で手作りすることを考える人もいるだろうと思ったので、作り方も紹介しました。

ナプキンチェーンは、カフェカーテン用クリップのように、布1枚をつかむためのクリップか、おしゃれな安全ピンか、ニットピンさえあれば、簡単に作れます。入院用ナプキンチェーンは、大きな透明プラスチックのクリップにリネンのリボンで作ることにしました。姑なら「美しくないわ」と顔をしかめたことでしょう。でも、これは自分用です。入院患者にとって病院は生活の場です。これ見よがしの高価なWMFは、入院生活にはむきません。大きなプラスチックのクリップなら、ほかの人に頼まなくても自分で着けられます。どこかにまぎれてもすぐに見つけ出せます。なくしても惜しくないし、軽い。だれにでも簡単に作れます。ナプキンは洗って繰り返し使う布より、キッチンペーパーのような使い捨てがいいと思います。

入院生活に役立つ便利グッズをもうひとつご紹介しますと、ランドリーバッグに使う生成りのシーチングのトートバッグは万能です。このなかに、入院に必要なものを全部まとめて入れて持ち出せるように、入院セット専用の引き出しに入れておきました。「もし、私が入院するようなことがあったら、ランドリーバッグごと持ってきてね」と家族に話してあります。幸い私は今のところ、お産以外に入院の経験がありません。折々に入院経験のある人に必要なものを教えていただいて、参考にしています。持ち出し用の荷物は、なるべく軽いほうが理想的。トートバッグを含めても、重さは3キロ以内にとどめたいところです。

いざというときに安心「お悔やみセット」

おしゃれで、数えきれない衣類とアクセサリーを持っていた姑ですが、どういうわけか喪服と数珠を持っていませんでした。亡くなる数カ月前に、姑の義弟の葬儀の知らせがありました。数珠を探したのですが、本人が「持っていない」と言います。私は実家の母が用意してくれた数珠を持っていました。水晶に白絹の手組紐梵天房です。母に連れられて日本橋三越で買ったとき、「どのようなお席においても失礼になりません」と教えられました。それを見た姑は「とても良い品だ」と褒めてくれて、葬儀のたびに借りにきました。義叔父の葬儀には夫と私も参列したのですが、私は数珠を持たず、姑が私の数珠を持ちました。

私は入院セットの引き出しを作ったときに、もうひとつ、「お悔やみセット」の引き出しも作りました。バッグ、数珠、ハンカチ、喪中扇、シルクのスカーフ、風呂敷、手袋は厚手と薄手。「香典袋は買い置きをしないもの」と、母から教えられていたのですが、介護の経験で学んだ「いざというときは、買いに出ることさえままならない」という教訓を活かし、用意しておきました。

「お悔やみセット」が、義叔父の葬儀のときに役立ちました。なにせ寝たきり状態の姑です。着替えのほか、食べ物の用意など、荷物が大変でした。でも、本人は久しぶりに身内に会えるのですから、なんとしても出席したかったのです。私は姑というより、「ひとりのお年寄りの願いを叶えて差し上げたい」という気持ちでした。

『すてきなあなたに』があったから乗りこえられた嫁姑問題

「仲のよい嫁姑など存在しない」と教えてくれたのも、『すてきなあなたに』でした。だから、無理をして仲のよい嫁姑になろうとしませんでした。人前で仲のよいふりもしませんでした。でも二度の海外旅行のほか、国内旅行は私が費用の全額を出してなんどもいっしょにいきました。90歳をすぎて車椅子生活になってからも、本人の希望で弘前へ2回と金沢へ3回、飛行機でいきました。

姑は晩年の10年間を、自宅介護ですごしました。そして、92歳で自然死いたしました。そのとき私はお盆で実家におり、家には夫と息子だけでした。電話で知らされたとき、姑は最後だけは私に迷惑をかけまいと、自分の死のときを決めたのではないか、と思いました。

私が実家に出かける前に納戸のなかの姑の持ち物を整理していたとき、画家である義姉の舅が描いた油絵が出てきました。汚れを落として姑のベッドから見える壁に掛けると、部屋が明るくなってうれしかったのでしょう。姑は涙を流しながら満面の笑みを浮かべていました。

献体の届けをしていた姑の葬儀は、本人の希望で、いたしませんでした。姑は銀座生まれの銀座育ち。美人でスタイルもよく、とてもおしゃれな人でしたから、持ち物がたくさんありました。「ない」と聞かされていた数珠は、珊瑚と翡翠の二房が箱に入ったまま、茶箪笥の引き出しの奥にありました。姑は数珠を持っていたのです。でも、私の水晶の数珠を持ちたくて、「ない」と言っていたのです。

姑のアクセサリーはひとつひとつ磨いて引き出しに収めました。衣類など形見分けのできそうなものは、すべて手入れをしておきました。おかげでたくさんの方に形見分けができ、数珠もどなたかがもらってくれました。残念だったのは、上等なハンドバックとシルクのスカーフとカシミアのショールです。10年以上納戸にしまったままのハンドバックはなかがカビだらけ。スカーフとショールは、食べ物のシミと虫食いだらけでした。

ぬいぐるみを作るのが趣味で、たくさんの作品が納戸にしまってあったのですが、

それらもカビとシミと虫食いだらけでボロボロになっていました。部屋に置いてあったいくつかは、孫の誰かがもらってくれました。

しばらくして、義姉の身内が姑のもうひとつの趣味であったステンドグラスの作品と、食器と、壁に飾ってあった油絵と、セーターやコート、靴などをもらってくれました。生前おつきあいのあったお友だちにも、形見分けができました。

姑が亡くなって10年が経ちます。6年目ぐらいまでは思い出すたび、もうそんなに経ったのかと驚いていたのですが、最近はもう何十年も遠い昔のことのように思われます。もしも『すてきなあなたに』の力を借りることができなかったら、最悪な嫁姑の関係になったのではないかと思いますが、もう姑の顔さえも霞んでしまいました。

人生、最後はトントン
私に影響を与えた三賢人

「誰の人生も最後はトントンですよ」と教えてくれたのも『すてきなあなたに』でした。誰もが、辛いこと、悲しいことに襲われる。災難にも必ず遭う。そう腹を括って毎日を生きています。楽しいこと、うれしいことも必ずやめぐってきます。幸、不幸と一喜一憂しない。それだけを自分に言い聞かせて、人にもモノにも振りまわされず、生きています。

大橋鎮子さんへの感謝は、言葉では言いつくせません。でも、亡くなった方ですから、自然に忘れてきています。生きる知恵は、できれば今の時代に生きている人から学びたいです。大橋鎮子さんとならんで、私が知恵を授かった賢人は、ほかにふたりいます。

ひとりは、近著『職業としての小説家』(スイッチパブリッシング)も話題の作家・村上春樹さん。村上さんの著書は、私のナイトキャップ本(寝る前にベッドで読む本)

です。電車に乗るときは必ず持ちます。ひねくらない文章が好きです。

もうひとりは『赤ちゃんはトップレディがお好き』（87年）の脚本家であり、『恋するベーカリー』（09年）や『マイ・インターン』（15年）などの映画監督、ナンシー・マイヤーズ。とくに、『赤ちゃんはトップレディがお好き』のインテリアとファッション、『恋するベーカリー』の日用品と花あしらい、『マイ・インターン』のベッドリネンの美しさには目も心も奪われます。そして、それらを魅力的に見せるスロー映像のセンスが抜群です。

愛ゆえの苦言
「商品テスト」に物申す

今日を生きることができれば、それで充分。だから明日になにがあってもいい、と楽観的になれたのも『すてきなあなたに』のおかげです。

私はいつも、先々のことはあまり考えずに、今日の仕事に全力投球です。私の仕事はエッセイやコラムの執筆のほか雑誌の企画、取材、商品開発、商品評価、通販のための商品選び、対談と、多岐にわたります。朝は4時半に起床。閉所恐怖症なので、エレベーターと通勤ラッシュの電車には乗れません。歩きながら本を読みます。外のコーヒーと紅茶が飲めません。甘いものが食べられません。外のトイレに入れません。宴会が苦手。カラオケはもっとダメ。ごはんはいつも家で食べたい。雨や雪の日は外に出たくない。化粧はしない。美容院の椅子にじっと座っていられないから髪は自分で切る。白髪も染めない。

……そんな私に、会社勤めはぜったいに無理です。昔、銀行員だったことがあるのですが、始業時間の8時45分より1時間半も前に出社していました。最初の仕事は女子行員の制服デザイン。そのあとは自分で仕事を見つけました。部長室に花を活けて飾り、午後はオフラインのコンピュータールームで遊んでいました。退社時間の4時45分になると、誰よりも先にロッカールームへ走りました。

結婚したとき、お祝いにいただいたもの以外は、家財も日用品も、すべてまわりからのお下がりでした。なにを買えばよいかまったくわからない。『暮しの手帖』の「商品テスト」を読むと、ますます買えなくなりました。どうしてテストにこんな商品を選ぶのだろう、テスト以前にデザインでボツだろう、と私は不満ばかりを抱いていました。少しずつそろえた日用品は、『暮しの手帖』が選ぶものとはまったく違いました。私が買うような道具は、『暮しの手帖』では選ばれません。価値観がまったく違うのです。私は、デザインも性能のうちだと考えていました。でも、『暮しの手帖』の「トースターテスト」は山ほどの食パンを焼くだけでした。私はアメリカのトーストマスター社製オーブントースターを買いました。温度表示が℉(ファーレンハイト)です。オーブン料理は炭水化物が炭化する180℃が基準です。180℃は380℉

だから、すぐに慣れました。トーストには温度設定が無用で、クイックタイマースイッチを入れるだけで、好みに焼けると自動でスイッチが切れます。そのうえ、セルフクリーニング機能で庫内に貼り付いたチーズやソースが炭化して剥がれ落ちるので、庫内が汚れない、メンテナンスフリーというのが私には魅力でした。シーズヒーターなので立ち上がりに時間がかかります。庫内を充分にあたためてからパンを入れます。それは私には面倒なことではありませんでした。でも、『暮しの手帖』はそれを良しとしません。

コンセントを共有するときに計算しやすい最大消費電力1000Wというのも私には使いやすかった。ひとつのコンセントからは1500Wまで使えます。1回路から2000Wまで使えます。つまり、オーブントースターを使っているときに同じコンセントからは500Wまで使えるということになります。計算しやすい。

オーブントースターと同時使用の多い電子レンジは、別回路ですが消費電力が同じ1000W（出力は600Wと170Wのインバータ）。調理家電を購入するときは、「おぼえやすい消費電力」というのも決め手です。『暮しの手帖』はいちばん大事なW

数まで踏み込んだ比較はしません。

あるとき、横浜・関内の勝烈庵でサンドイッチ用のパンを、熱した鉄のフライパンに押し付けるのを見ました。そうか、パンはトースターでなくても焼けるのだ、と思いました。フランスへ旅行したとき、キャンプ用の直火トースターを買ってきました。ガス火で焼くと表面はカリッと、なかはホワホワです。以来、トーストはガスコンロ。クラブハウスサンドイッチには、勝烈庵を真似て熱した鉄のフライパンにジュッと押し付けます。オーブントースターは、グラタン、ラザニア、キッシュ、ピザ、ショートブレッド、タルトなどのオーブン調理専用になりました。庫内にぴったり入る耐熱容器とフッ素樹脂加工の角形アルミパンを見つけました。伊達巻きはフッ素樹脂加工の角形パンに卵液を入れガス火で下を焼いて、オーブントースターで上を焼きます。

映画『プラダを着た悪魔』(06年)では、チーズトーストをガス火と鉄のフライパンで焼いていました。私も試してみたら、電気トースターよりずっと早い。ガス火という選択肢もあるのに、電気トースターにこだわって、山ほどの食パンを焼くことになんの意味があるというのでしょう。そんなことより、分解して回路を比較すれば、消費者の誰もが納得する的確な結果が出せたはずです。

『暮しの手帖』の、ヤカンのテストは、「どのヤカンよりアメリカのリベラーウエアの18センチ片手鍋のほうが早く沸く」という結論でした。そんなこと、わかりきったことです。ヤカンでお湯を沸かすのは、ティーポットやコーヒードリッパーや湯たんぽに注ぎやすいからです。「鍋と比較しても仕方ないじゃないか」と私は思いました。ヤカンの容量で湯たんぽの容量を決めます。私が選んだヤカンはフィンランドのメーカー、オパ社のステンレス製で満水1・5リットル。湯たんぽは無印良品の1・1リットルです。麦茶や薬草茶を煮出すのは直径が14センチの片手深鍋を使います。満水1・7リットルなので1リットルのお茶を煮出すのに、重さもちょうどいいのです。14センチの鍋は注ぎ口がなくてもスムーズにポットに移し替えることができます。ミルクティも温度の計りやすい14センチ片手鍋が便利です。早く沸けばよいというだけでは選べません。価格や重さ、手入れのしやすさや、磨きがいのあるすぐれたデザインであることも大切なのです。

実は結婚して最初に買った鍋がリベラーウエアの18センチステンレス片手鍋でした。『暮しの手帖』がいちばん早くお湯が沸くと太鼓判を押した鍋です。私はそれよりずっと以前に購入しておりました。出汁をとったり、野菜を湯がいたりするには最適。湯煎をするためのステンレスボウルがセットになっています。私は軽さと美しいデザインが気に入って買いました。底が熱伝導率のすぐれた銅張りです。性能については、ほかと比較するまでもありません。

私が『暮しの手帖』とはまったく違う視点でものを選ぶことができたのは、『暮しの手帖』が反面教師だったということではありません。なぜ、メーカーがその製品を作ったのかということを考えることができました。『暮しの手帖』の出すストレートな結論より、データのほうが私には役立ちました。

とくに50歳をすぎると道具は軽さがいちばんです。重い道具はだんだん持てなくなるのです。結婚や新築のお祝いにいただいた鋳鉄の琺瑯鍋とフライパンは、40代後半から50代で持てなくなりました。重さがつらくなります。買い替えたのは鋼板製です。中華鍋は厚手から1ミリの薄手に買い替えました。

重さの感じ方は30代と50代ではまったく違います。『暮しの手帖』のテストはそれを考慮していなかったのです。市場にたくさんの道具があるのは、ひとそれぞれ経済力や体力や好みが違うからです。誰かが良いと言っても、自分の生活レベルに合わないものは買ってもだんだんに使わなくなる。独身生活のNo.1と、5人家族のNo.1は同じではありません。30代のNo.1と60代のNo.1も同じではありません。ピカイチはひとつではなく、たくさんあるのです。

鍋のモニターがきっかけで商品開発への道が開けていった

『暮しの手帖』の商品選びと商品テストへの数々の疑問について教えてくださったのは、株式会社ヨシカワ東京支店長の吉川さんでした。

家を建てたとき、私は住宅ローン5年完済計画を練りました。私は元銀行員です。

ローンの組み方と返済についてはプロです。住宅ローン35年固定金利が5・5％の時代。返済は元利均等払い（元金均等払いは計算が複雑だから）です。毎月の返済日は10日ですが、元金の繰り上げ返済は手数料を支払わずに25日にもできました。私は毎月の出費を計算してあまったお金はたとえ1万円でも25日の返済にまわしました。繰り上げ返済をすると、毎月10日の返済額は変わらず、返済期間が短くなります。

なんとしても5年で完済したい私は、雑誌と新聞への投稿で原稿料、論文で賞金、インテリアと料理コンクールでは賞金と賞品の台所道具を稼ぎました。写真コンクールの賞品はイタリア製で7万円もするベッドリネンでした。台所道具のモニターにも応募しました。どうしたことか、応募したすべてのモニターに当選しています。

当時最高級品だったヨシカワの多層鋼ソテーパンのモニターにも当選しました。ヨシカワのモニターは3週間使った感想を書くだけの簡単なものでしたが、私は20代でドイツにホームステイした経験や、フランス、アメリカ、カナダ、シンガポールに旅行して得た台所道具の知識も書き添え、ちょっとした論文のようなものを作成して送りました。しかも表紙は筆文字。それが東京支店長の吉川さんの目に止まりました。

吉川さんは「ぜひ会いたい」とのことで、家にいらっしゃいました。そのときに多層鋼鍋のフルセットをいただきました。そのなかに、ヤカンもありました。ステンレスパイプの持ち手に黒のベークライト板がネジ止めになっていて、不自然さを感じた私は、なぜこのようなデザインになったのかを訊ねました。「デパートはＪＩＳマークの商品しか取りあつかってくれません。持ち手はステンレスだけのほうがデザインもいいと思っているのですが、それではＪＩＳマークが取得できないのです。それで、購入されたお客様がご自分で簡単にはずせるようにと考えました。はずして付け替えても持ち手はさほど熱くなりません」とおっしゃったのです。

ほかにも、メーカーの事情や販売に関する苦心をいろいろと教えていただきました。たくさんいただいた多層鋼鍋で、ガス火と２００Ｖ用ＩＨにどう使っていけばよいかを研究することができました。それが、のちに貝印から販売される「石黒智子ステンレス重ね鍋5点セット」に活かされます。吉川さんには今でも深く感謝しています。

「風邪をひかないこととケガをしないこと」が鉄則の〝石黒流仕事術〟

私は執筆のときも、台所で仕事をしています。仕事机はクッキー台だった幅150センチ、奥行50センチの大理石の板にステンレスの脚をつけたものを使っています。来客時の予備椅子を兼ねられるように、椅子はダイニングチェアのなかから見つけ、机の高さを合わせました。『暮しの手帖』の取材のとき、「発想が日本の住宅にぴったりだ」と褒めていただき、のちに暮しの手帖社が販売する主婦机の原形になりました。

仕事の依頼はすべてメールで入ります。出かけていても、庭で植え替えの最中でも受けとれます。打ち合わせはほとんど自宅です。時間が自由な展示会には行けます。

自分の好きな場所と自由な時間で仕事ができるのは幸運だと思いますが、自分に課していることがあります。風邪をひかないこととケガをしないこと。冬の外出はスーパーや図書館であっても必ずマスクをします。旅行には夏であってもエアコン対策にマスクを持っていきます。充分な睡眠をとり、ごはんをしっかり食べて、甘いものは口にしない。転ばないように、足を守るローヒールの靴を履きます。夏でもサンダルは履きません。よく歩きます。重い荷物を持って歩いたおかげで四十肩、五十肩にもなりませんでした。

私は3歳から60年以上、生け花をつづけているのですが、生け花の仕事はほとんど依頼されません。過去に雑誌の仕事でお正月の花をスタジオで活けました。その程度です。まわりから「今のままでは宝の持ち腐れ。生け花の仕事ができるように、もっと積極的にアピールしなさい。かけたお金と時間を無駄にするな」と説教されるのですが、能力が評価されるためには人脈が不可欠です。私は生け花の道に人脈が築けませんでした。

「エッセイを書いてみないか」と最初に声を掛けて下さったのは、PHP研究所の編集者の方です。パソコンを持っていなかった私は、手書きで原稿を仕上げました。担当編集者は男性なので、うまく伝わらないことは原稿用紙の余白にイラストを描いて説明しました。最初のイラストを褒めていただいてから、どんどんイラストに頼るようになって、それが、挿絵と表紙にもレイアウトされるようになりました。最初のエッセイ集『大人のための素敵な良品生活のすすめ』（ＰＨＰ研究所）の初版は７０００部。３週間後には2刷が増刷され、８刷まで売れました。印税は10％。イラストの画稿料は別途支払われました。

最初の印税でアップル社のパソコンとニコンのデジタルカメラを買い、ホームページを開設しました。ホームページでは、文字を重ねた画像を毎日更新しています。写真を撮るのは家のなかと庭だけ。旅行にもカメラは持っていきません。ホームページのために毎日写真を撮るようになって、だんだんうまくなりました。２冊目からのエッセイ集では、写真も自分で撮っています。

雑誌の取材や打ち合わせ、自宅をスタジオにして撮影することもあるのですが、そういう日は、庭木や花を切って活けます。「あなたをとても歓迎しています」という気持ちを伝えたいから。

『暮しの手帖』の「暮らしが楽しくなる小さなアイデア」という特集では、木の裁縫箱や年賀状の整理などを取り上げていただきました。そのときの取材担当だった方が『わたしの台所のつくり方』の編集担当になりました。

人との出会いが次の仕事につながります。２０００年に出版された『大人のための素敵な良品生活のすすめ』は、２０１４年に『少ないもので贅沢に暮らす』（ＰＨＰ研究所）と改題されて文庫になりました。２００７年に出版された『わたしの台所のつくり方』は大幅に加筆、再編集されて、２０１５年に同じＰＨＰ研究所より文庫で出版されました。２０１１年に出版された『小さな暮らし』（ソフトバンククリエイティブ）は、のちに韓国で翻訳、出版されました。

同世代の読者が「私もそう思っている」と思えるような情報提供を目指して

『すてきなあなたに』は、否定文が少ないです。私もなるべく肯定文で書こうと心がけています。たとえば、嫌いな花のことはふれずに好きな花のことを詳細に綴る。でも嫌いな人はいるし、嫌なこともあります。嫌いな人は「嫌い」とだけ言えばいい。

嫌なことは「嫌だ」とだけ言えばいい。それ以上なにも言わなくても充分伝わります。

30代の私は、『すてきなあなたに』をうんうんと、うなずいて読みました。40代になると、「違うかもね」と反論することもありました。50代以降は、「そう、今、私も同じことを思っている」と独り言。それはそのまま私の執筆活動に反映しました。

今、60代の私は、「きっとみんな同じことを感じているはず」「みんなこうしたいと望んでいるはず」ということを書いています。道具に関しては、衰える体力に合わせたサイズが重要。60歳をすぎると、テーブルで使う醤油差しでさえ、重いと感じるようになってきます。１００cc用に40ccを入れても軽さはさほど感じないのですが、40cc用に買い替えて40ccを入れると、ぐっと持ちやすくなります。

数年前にすてきなフライパンを見つけました。鋼板なので、それまで使ってきた24センチ鋳鉄よりはずっと軽い。でも、これから使っていくのに24センチでは少し重いかな、と感じました。ちょうどいい重さだったのは22センチ。小さくなって軽くなって、洗うにも、吊るすにもずいぶん楽です。24センチフライパンでは８００グラムまでのローストビーフが焼けました。22センチにしてからは６００グラムが作りやすい

です。来客などで６００グラムでは足りないときは、２回焼きます。

フッ素樹脂加工アルミフライパンは30センチひとつを使いまわしていました。鉄の３分の１ほどの比重のアルミフライパンは浅鍋として使いやすい。持ち手の短いものを探して20センチ、26センチ、28センチの３サイズをそろえました。ふたりぶんの煮魚とオムレツは20センチ、３人ぶんの煮魚とふたりぶんの餃子には26センチを使います。28センチは炒め物用です。

茹で玉子より蒸し玉子のほうが時短。ミルクティは14センチ鍋で紅茶を作り、ミルクを足して65℃で火を止めると完璧。コーヒーのドリップのお湯の温度は92℃から94℃のあいだ。

これも私は、同世代の読者が「そう、私もそう思っている」と応えてくれることを願って書いています。

大ヒット商品
「重ね鍋5点セット」ができるまで

「商品開発にはどのようにして関わったのですか？」と訊かれることがあります。最初の商品は弔事用の黒のバッグでした。当時私は50代で、通販雑誌の商品選びの仕事をしていたのですが、自分の持っている弔事用のバッグをもっと使いやすくしたい、と担当編集者の伊藤さんに見せました。伊藤さんはすぐに、バッグを分解し、これをベースに作りなおして販売すると決断しました。最初の1000個があっという間に完売になりました。その次は旅行用のポーチ。次が貝印の台所道具です。

最初に貝印の方にお会いしたのは出版社の打ち合わせ室でした。以前から出版社を通じて企業からのオファーはたくさんありましたが、私は執筆活動だけで充分だと考えていたので、旅行用ポーチの仕事を最後に、商品開発の仕事はお断りしていました。

だから、当然ながら貝印の方にもお断りしていました。ところがある日、貝印の担当者の方が、出版社で打ち合わせ中の部屋へ突然入ってきたのです。私はそういう場合の対応にまったく不慣れで、オロオロしました。貝印の夏原さんはプロです。とてもかないません。いきなり、持ってきた新商品だという庖丁のセットを机に並べました。重くてへんてこな庖丁でした。「どうしてこんなに重心の悪い庖丁をつくるのかしら」と、私が反応してしまったが最後、夏原さんにがっちりとつかまってしまいました。「それではどんな台所道具がほしいですか?」と切り出されました。当時、私はステンレス多層鋼鍋がほしいと思っていたので、その話をしました。こうして、あれよあれよという間に、貝印の台所の商品開発に関わることになったのです。

私がほしかったのは、側面が均一な14センチのステンレス多層鋼鍋。ボウルと鍋を重ねて湯煎鍋、ザルと鍋を重ねて蒸し鍋になります。冷蔵庫に入る漬物容器は12センチ。どちらも電子レンジ対応の耐熱ガラス蓋であることが私の希望でした。12センチと14センチの耐熱ガラス蓋は食器に重ねて電子レンジ調理に使えるので、単品で販売することもお願いしました。

その後、乳鉢形ミニすり鉢とすりこぎのセット、ステンレス製の米とぎボウルには専用のウィスク、オーブントースターに入る鉄製フライパン、オール鍛造のキッチンハサミなど、つぎつぎと私の考えた台所道具が商品化されていきました。

当時私は、「軟水の日本の水で調理するには野菜が煮くずれない浅鍋のほうがよい」と考えていました。しかも鋼板琺瑯でガラス蓋。イメージはできていたのですが、貝印は琺瑯鍋が作れません。そのことを『プラスワンリビング』の担当編集者に話すと、佐藤商事株式会社の波多江さんに話が届きました。24センチ琺瑯鍋でいちばんの問題はガラス蓋でした。波多江さんがあらゆるガラス鍋を調達してきてくれ、私が実験をしました。ツマミは世界中から探して、最終的にドイツから輸入することに決まりました。

本体は薄く軽く、200VIHに対応するための理想の形状です。波多江さんも私もいっさい妥協はしませんでした。

2014年は亀の子束子西尾商店でシステムキッチンにも似合うベーグル形の白いたわしを作りました。昔のたわしは外で使うものだったので、乾きやすさを考える必要がなかったのですが、今の台所は室内なので、旧来の形ではすっきり乾かないのです。乾きやすさを追求して行き着いたのが、ベーグル形でした。2015年には、キッチンスポンジを作りました。抗菌効果の高い銀イオンを塗布し、乾きやすい素材と、スポンジホルダーに差したときの乾燥速度にこだわりました。たわしもスポンジも、実験は機械ではなく、我が家の台所で実際に使って行いました。たわしはいちばん条件の悪い冬に使用。スポンジは耐久性の比較のために1年間使用しました。『暮しの手帖』なら、どんな実験をするのだろう、と何度も、何度も、頭をよぎり、考えられるだけの実験を繰り返しました。

生け花・映画・散歩
私にヒントをくれるもの

自分の能力が仕事として評価されるのは、ほんの一部。たぶん10%ぐらいです。時代が必要とすることだけが仕事になります。だからといって90%が無駄だということはありません。隠れた90%がいつか、10%を11%に押し上げてくれます。11%を12%に押し上げてくれます。そう思って自分を磨くことを怠らない。生きることをさぼらない。すべて『すてきなあなたに』が教えてくれたことです。

10%と11%はぜんぜん違います。11%と12%は雲泥の差です。私がずっと続けている生け花は、1%の違いでまったく出来映えが違ってきます。それを実感するために続けているのかもしれません。

雑誌の企画で工作をすることがあるのですが、私は金属を手できれいに曲げることができます。たとえば焼き網の両サイドを曲げてキャンドルウォーマーを作るときは、指先の体温を伝えながらゆっくり曲げます。これは生け花で木の枝を矯めるときの指の力加減に慣れているからです。アクセサリーのリメイクは銀の針金でリングを作るのですが、同じ要領です。私の爪は大きく丈夫で、こういう作業にむいています。

庭の手入れも好きです。ハーブの使い方も料理のほかにいろいろ思いつきます。ミシンより手縫いが好きなのもきっと、指先を使うことに慣れているからです。古布をきれいに裂けます。裂いた紐をきれいにつなげます。そんな小さなことが何冊もの雑誌に掲載されました。すべて生け花から得た知恵です。

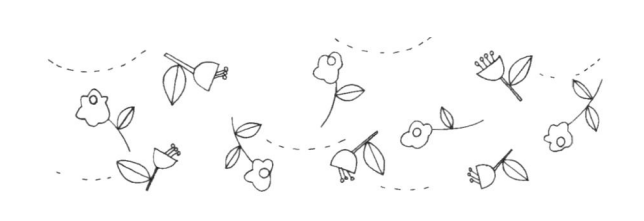

歩くのが好きなのは、道端に咲く花の名前がわかるからなのかもしれません。昔と今ではアスファルトの割れ目に咲く花もずいぶん変わってきました。今増えているのはセダムとクラピア。案外多いのがスミレ。

散歩中に立ち話をします。庭の花をわけていただくこともあります。去年は大好きなワレモコウ、ホタルカズラ10株、アガパンサス15株、たくさんの種類のセダムもいただきました。庭に毎年咲く花の球根も、ほとんどがいただきものです。

小学生のころから映画館に入り浸りでした。邦画より洋画のほうが好きでした。日用品が好きなのは洋画の影響です。人は見たもののなかからしか選べません。私は映画のシーンを数多く記憶していました。それが、家を建てるときや模様替え、ものを買いそろえるときに、とても役立ちました。１９６０年代のアメリカ映画の台所には必ずリベラーウエアの片手鍋がありました。ファイヤーキング、オールドパイレックス、スロークッカーは、映画で何度も目にしたから買いそろえました。ベッドリネンと料理と庭造りも、映画に教えられました。

いしぐろ・ともこ　１９８０年から雑誌・新聞などで、快適なキッチンライフや暮らしにまつわるエッセイ・コラムを執筆。貝印の「石黒智子のシンプルな台所道具」シリーズをはじめ、数々の商品開発にも携わる。おもな著書に『わたしの台所のつくり方』（ＰＨＰ研究所）などがある。

5. 岸本葉子

――「日常」は「非日常」を支える特効薬

がんとの闘病や親の介護をも「日常」ととらえ、
暮らし方・生き方を見つめるエッセイを
発表してきた岸本葉子さんに
女性が強く、しなやかに年を重ねていくための
心得をうかがいました。

こんなふうに
年をとりたい。
岸本葉子

フィールドワークの「生活提案」と『すてきなあなたに』との共通点

1961年生まれの私は、『暮しの手帖』とともに育ってきた世代ではありません。おそらくこの雑誌を読んでいた中心層は、もう少し上の世代の人たち。『暮しの手帖』が「商品テスト」などでいちばん売り上げを伸ばしていたときに、自分たちが家事をする立場の人たちだったのではないでしょうか。もちろんその存在は知っていました。流行にとらわれずに、踊らされずに、暮らしをよくしていくという知恵がある本らしいな、ということは、なんとなく知っていました。

5年ほど前に、たまたま本屋で『暮らしを美しくするコツ509』(暮しの手帖社)という本に出会って、読んでみると、たくさん響くところがありました。長い歴史を持つ『暮しの手帖』から、暮らしを美しくするコツを、選り抜いた知恵集です。たとえば、「ひとり暮らしでもトイレ掃除をよくしましょう」、「夜なかなか寝付けないときは、頭のなかにあることを紙に書き出して、整理してみましょう」「それでも眠れないときは、耳栓をして気になる音を遠ざけて」など、いろんな工夫が書かれていました。いわゆる炊事や掃除といった家事だけでなく、生活全般の質を上げていくコツがたくさん書かれていて、とても感銘をうけました。その延長で『すてきなあなたに』も、あらためて読んでみました。

『すてきなあなたに』には、暮らしを豊かにする小さな知恵がいっぱい書かれていました。強いメッセージがあるわけではないけれど、ちょっと視点を変えてみたり、少しの心くばりや、ひと手間を加えることで、生活の質を高めることができる。小さな日常のなかでできることって、いっぱいあるんだなと、あらためて気づかされました。

私は30代半ばぐらいから、「生活提案エッセイ」を書いていて、『すてきなあなたに』と、とても重なる部分が多かったのです。今でこそ「生活提案エッセイ」というひとつのジャンルとして確立しましたが、私がこのテーマで書きはじめたころは、ちょうどバブルが弾けたばかりで、「日常」とか「ていねいな暮らし」というようなことを、受け入れてもらえない時代でした。だから私は、本を書くうえで「日常」とは、「ていねいな暮らし」とはなにかということを一から説明してきました。『すてきなあなたに』の連載がはじまったのは1969年。バブルよりはるか以前の、高度経済成長真っ只中という時代でした。そんな時期から、こうした提案をされていたことに感動しました。

ちょっと想像しながら若い世代にも読んでほしい

『すてきなあなたに』の連載開始時、大橋鎮子さんは49歳で、50歳に近づこうとする年齢でした。私自身のことを重ねてみて、「なるほど、そういう時代で、そういうことを書きたくなったのだな」と、すごく共感できたのです。1970年代に突入する直前、大橋さんは時代のせわしなさになんとなく違和感があって、ちょっと足を止めて暮らしを見つめなおしてみようということを、強く思われたのではないかと感じます。時代のスピードの違和感と大橋さんの実年齢に、なにか合うものがあって、それを今、違う時代の私が読んでもとても共感するし、私はたまたま連載をはじめたころの大橋さんと近い年代でこの本に出会ったけれども、もっと若い人が今出会ってもきっと共感するのではないかと思いました。

生まれたときから不況が続いている、今の若い人だと、素直になれない部分もあるとは思ったんです。たとえば、「パリの街を歩いていたら」とか、「帝国ホテルでお茶を飲んで」とか、あるいは「タクシーを止めたら」とか、いい時代にはそれもひとつの「日常」だったのかもしれない。でも、ずっと不況のなかで育っている人は、海外旅行にも行かないし、帝国ホテルなんて一生入らないかもしれない。タクシーを呼び止めることもめったにない。そのあたりの入口で、もしかしたらつまずいてしまうかもしれません。私自身も、この本に流れる「ヨーロッパ志向」みたいな部分は気になるところでした。でも、そういったことが気になりながらも、読みすすめていくと、やっぱりドキッとするところがたくさんあるのです。

たとえば、茨木のり子さんの詩「わたしが一番きれいだったとき」を引用した、「遠くなった日々」という、大橋さんの戦争観について書かれたエッセイがあります。これを読むとわかるのが、パリだ帝国ホテルだと、「失われた時代」の人たちからすれば、お気楽なことを書いているように思われていた人物が、実は、自分のいちばん娘盛りのころには戦争だったということ。おしゃれをしたいときにできなかった。美味しいものを食べたいときに食べられなかった。そういう時代を経験している人が、今こういうことを書いているんだなと思うと、同じことでも違う光があたるような気がして、ぐっと自分に入ってくるものがあります。「遠くなった」という言葉をタイトルに選んでいるところも、時はすぎ、時代は変わって豊かになったけれど、大橋さんの心に刻まれた戦争の記憶は、けっして消えることがない――そういう見方ができますね。

だから、若い人もこの大橋鎮子さんという人が何年生まれで、どういう青春を生きてきたか、ということをちょっと想像しながら読んでもらえると、よりメッセージが伝わるのではないかと思います。「生活を楽しむ」などという発想すらなかった、お茶の時間を持つ自由もなかった人たち。西洋料理もめったに食べられなかった、外国の言葉をおおっぴらに使えなかった、その人たちが戦争を経て、やっと見つけた「すてきなもの」なんだと思うと、重みがありますよね。けっして、ただの「いい時代を知っている人たち」「余裕のある世代の夢物語」ではないということは、わかっていただきたいなと思います。

捨てるだけがすべてではない「物といっしょに年をとる」という考え方

『すてきなあなたに』は、いろんな人が関わっているようで、大橋さんご自身も「協力者」としてたくさん女性の名前を挙げておられ、どれが大橋さんの体験なのか、わからないところもあります。しかし、「私はこういう人生でした」とか、「私はこう考えました」と前面に出ては語らず、自分が後ろのほうに引っ込むかたちで語りかけをするのもひとつの「志」なんだろうなと思いました。

「服も休ませて」というエッセイがあります。「この服は自分に似合わない」と思ってもすぐに捨てないで、ちょっと置いておくと服が自分を待っていてくれるという話なのですが、これには、今の「どんどん捨てていきましょう」という流れとは、また違う豊かさがあるなと思いました。物といっしょに年をとる――ずっと同じ速度ではなく、もしかしたら物のほうが遅い速度で、自分のほうが早い速度かもしれないし、またその逆かもしれない。つかずはなれずで、物といっしょに年を重ねていくのもいいものだな、と思いました。生まれたときから物がいっぱいあって、つねに物を減らさなきゃという強迫観念にかられている私たちには、なかなか気がつかないところを気づかせてもらったなと思います。こういった、年を重ねていくにあたっての心構えについて、いくつもヒントをくれる本です。

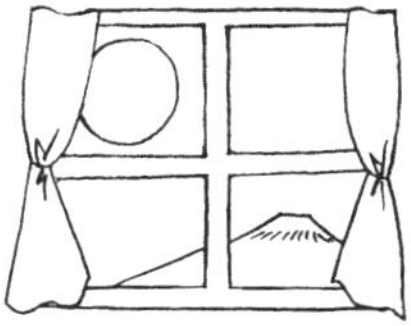

私は『ちょっと早めの老い支度』（オレンジページ）という本を書いたのですが、けっして、そぎ落としていくことだけがすべてじゃない、と考えているんですね。自分の身のまわりを整理して、物を減らしていく一方で、買う物だってあります。ひとつ買い物をするときに、すごく真剣に考えるようにしてい

るのですが、考えた結果失敗することもある。でも、そこまで考えぬいたうえでの失敗だったならば、それがそのときの自分の精一杯だったのかな、また勉強すればいいや、という「ゆとり」も大事だと思うのです。そうした、「捨てるだけがすべてではない」という教えが、『すてきなあなたに』にはたくさん詰まっています。

「年をとってこそ赤を着なさい」

「真赤なブラウス」というエッセイは、「年を重ねたからこそ似合う赤もある」「躊躇しないで着てみましょう」という示唆を含んでいますが、私が子どものころ、父から同じことを言われたことがあるのです。

私が小学生の時分には、ランドセルといえば赤か黒の選択肢しかなく、なんとなく「女子は赤」と決まっていました。ところがうちは、姉も私も黒のランドセル。父の趣味だったのですが、私たち姉妹が子どものころはピンクとか赤の服はぜんぜん着させてもらえませんでした。白いブラウスに紺のカーディガン、グレーのスカート……みたいな、地味なスクールカラーばかり着せられていたんです。幼稚園へ通い出せば、まわりの友だちはみんなピンクの服を着ているし、小学校へ上がれば、女子はみんな赤のランドセル。着せ替え人形の服も赤やピンクのいわゆる「女の子色」です。「私もこういう服が着たい」と言うと父は「赤は年をとったら着る色だ」と。若いうちはなにも着飾らなくても「若い」というだけで美しい。だから、今は身なりを地味にして、年をとってからこそ色を味方につけなさい、と。そのときはまったくピンとこなくて、「赤い服を着たおばあさんなんて見たことないし、変だよね」なんて、姉と話していたのですが、今、自分がこの年齢になって、すごくよくわかるんです。

今日持ってきているメガネケースがピンク色なのですが、こういうものって、30代まではぜったい持たなかったんですね。社会に出てから私は、「女性性を見せない女性こそ仕事ができる人」と信じて疑わなかったので、小物類はすべて黒でした。ところが40代半ばをすぎ、50代が見えてくるときに、なんだかだんだん、きれいな色を自分に許せるようになってきて。

きれいな色って、ひと目見てぱっと明るくなるし、やっぱり身につけるとそれなりに気分が上がるものなんですね。あるとき、デパートに服を買いにいきました。気に入ったデザインの服を見つけたんですが、青と赤の色違いがありました。普段の私だったら迷わず青を選ぶんです。だから青を試着して、「うん、間違いない」と、買おうとしたら、店員さんが「同じ形でこの色もありますよ」と赤のほうを薦めてくれたのです。言われるがまま試着して「これはこれで、きれいな色だな」と思ったものの、「でも私は青をいただきます」と言おうとしたら、店員さんから「赤を着たときのほうが気分が上がっているのが、お顔を見ていてわかりましたと」言われたんです。「そんなに顔つきが変わっていたの?」と驚いたのですが、そうか、「気分が上がる」って、別にみっともないとか、我慢しなきゃいけないとか、隠さなきゃいけないことではないんだ、と気づいて、赤のほうを買いました。

やっとそういうことを、自分に許せるようになったのが中年以降でした。仕事をしていくうえで、若いときって自分のなかの女性性が邪魔だったりして、生きづらいこともあるんですよね。でも、中年をすぎて女性性が邪魔にならなくなった年代は、すごく自由になるんです。

若いときって、「同性に嫌われたくない」という気持ちが先に立って、同じ女性の顔色をうかがっていたところが多分にありました。こんな発言をしたら「男に媚びてる」と思われないだろうか、というようなことをいつも気にして、「そうじゃないんだよ」という意思表示が黒い小物であったりしたんですけれども、この年代になり、自分が赤を持とうがピンクを持とうが、そんな風にとらえる同性はいないという立場になってくると、いろいろなことがとても自由です。

今どきの女子高生って、無理して男言葉を使っているように感じます。わざと汚い言葉を使ったりするのも、「『男に媚びてない』アピール」の一種という気がして。対して、『すてきなあなたに』に出てくる話し言葉は、とてもていねいで、きれいです。渋谷の女子高生たちに「あと30年もすれば、無理しなくて大丈夫になるんだよ」って教えてあげたい気持ちです。

予測不可能な人生を乗り切るコツを俳句に学んでいます

40代後半のころ、俳句をはじめました。それまで私は本当に「仕事人間」で、趣味に時間を割く余裕がありませんでした。ほかにもいろいろな趣味に手を出してはみたのですが、好奇心だけでは持続できないものなんですよね。でも、不思議と俳句だけは続いています。今年で8年目になります。

月に一度、同年代の女性ばかりが集まり吟行をする会があるのですが、その句会には必ず参加するようにしています。読んで字のごとく「吟じながら行く」、野外を散策しながら句の題材を見つけるんです。句ができたら、みんなで持ち寄ったものを披露し、たがいに鑑賞します。外へ出て、目と肌で季節を感じながら句を詠むのはとても楽しいです。歩きまわるので足腰の運動にもなり、句を考えて頭の体操もできる、という一石二鳥の会です。

吟行は、さまざまな場所で、さまざまなものに出会います。ハプニングにも出会います。たとえば桜の季節だったら、前もって『歳時記』を読んだりして、桜の花を詠む気満々でいくんですが、実はまだ咲いてなかったとか、土砂降りでゆっくり花見しながら歩けなかったとか、思いがけないこともおこるんですね。そのときに、それをどう詠むかということが試されるんです。桜を詠みにいって花が咲いていなかったら、それは「ダメ」ということではなくて、花がないなら、ない様子を受け入れて、あるがままの楽しみ方をするということが大事なのです。だから、ものごとの悪い面を見ないで、良い面を引き出す訓練になっている気がします。

人生もしかりで、人間、生きていれば思いもよらないトラブルや災厄、苦難が突然やってくるものです。吟行は、その予測不可能性に耐える訓練ができる格好の場だと思います。吟行の世界では「俳句に『あいにく』という言葉はない」とよく言われます。普通のお出かけだと、「あいにくの雨ですね」とか、「今日はあいにく寒いですね」って、言いますよね。でも、俳句ではそれを「あいにく」とせず、雨ならば雨なりに、寒いなら寒いなりにそのことを詠むのです。「風流ならざるところの風流」というのが、すてきですよね。私の性分は、どちらかというと先まわりして準備してしまうほうなのですが、吟行に参加することで、だんだんと変わってきた気がします。

つまらない例で恐縮なのですが、このあいだキムチを買ってきて、パックを開けるとき、蓋が固かったので、思い切り力を入れたらパックが飛んで落ちてしまいました。それがなぜか、うまく一回転して上向きに落ちて、こぼれなかったんです。汁は散ったものの、中身は無事だったので「ラッキー！」と思えて。ともすれば、「なんなの、この開けにくいパックは！」となりそうなのに、そうはならならなかった。「あぁ、訓練されてきているなぁ、私」と、こんなささいな場面でも、吟行の効果を感じたりします。

「がんも日常のひとつ」
病気に支配されない自分になる

2001年、40歳のとき、虫垂がんになりました。これこそ、まさに「予測不可能」

の最たるものです。がんになるまでの私は「平均寿命までは生きるだろう」と当たり前に思っていたし、自分に老後があることを前提として、「老後のあれが不安、これが不安」というのがありました。そんな私に「老後がないかもしれない」という現実が突きつけられました。

手術・入院を経て、発病から15年が経ちます。がんになってからの2年間は、病気のことをいっさい公表せずにいました。発病から2年経つころ、がんを通じて自分が体験したことを本にすることになり、そこで初めて公表しました。公表前も公表後も、変わらず執筆活動を続けています。「病気によって変わる」のは、病気に支配されているようだし、病気を自分の特徴にしたくないという思いもあります。これまで私は、「日常の生活が大事」ということをずっと書いてきました。その「日常のなかに病気が入ってきただけ」と考えています。がんにかぎらず、生きていれば、なんらかの病気はするものでしょう、と。

公表後も「こんな特別な体験をした」という出し方にならないように気をつけているつもりです。「がんも日常のひとつ」「私だけではない、ほかにもたくさんの人がいろいろな病気、いろいろな課題とむきあっている」ということをつねに心にとどめるようにしています。『がんから始まる』（文藝春秋）にはじまるがんに関するエッセイがそうです。

1990年代までは、がんを取り巻く環境が今とはずいぶん違っていて、「がん＝死」というイメージが強くありました。著名人ががんを公表する場合は、相当病気が進行していることが多く、「いかに最後をまっとうするか」ということが中心のテーマになっていたと思うのです。けれども、2000年代に入って、そうではない流れが少しずつ出はじめました。そんなころに私はがんの告知を受けました。

がんになったからといって、毎日ゴミも出すし、ご飯も作ります。時間は普通に流れていく以上、生き死にのことばかり考えていられるわけではありません。「自分はがんに支配されない」というとおおげさですが、身近な例ではこんなことです。私は手術の後遺症というか、腸を一度切ってつないでいるので、初めのうちは便通のコントロールがむずかしかったんです。「もしかして出てしまったか。トイレに行かなきゃいけない状態かも」と、行ってみるけれど、別になんでもなかった、ということがよくあります。そういった事実を、自分の内に秘めていると、「私はがんのために仕事のときもトイレのことばかり気にするようになってしまった」と被害者意識めいたものにとらわれてしまったり、がんに支配されている感じになってしまいます。トイレのことも、日常のひとコマとしてエッセイに書いていく、日常の次元に下ろすことで、がんに特別な地位を与えない、支配されない、それを病気とのつきあい方としてきました。

クオリティ・オブ・ライフを上げるための食養生

がんになってから、「食」に関してすごく考えるようになりました。がんの多くは、西洋医学で最適の治療を受けても再発進行するリスクが残ります。なので、漢方薬で自然治癒力を高めていければと思いました。漢方薬って、「薬」と名がついてはいますが、食べものと同じようなものなのです。逆もまたしかりで、食べものは薬と同じようなもの。まさに「医食同源」ですね。たとえば山芋も漢方薬のひとつですし、葛根湯はまさしく葛の根です。そんなことから、食生活により注意をむけるようになりました。

まずは、化学調味料や添加物をなるべくとらないように心がけました。がんになる以前は、時間のないなかでぱぱっと食事の支度をするために、顆粒だしや、だし入味噌を使っていましたが、それをやめました。とはいえ、手術後で体力が落ちているなか、調理にそんなにエネルギーは使えない。そこで、乾物の昆布を細かく刻んだものや、鰯の削り節を使うことにしました。これらを味噌汁のなかに入れて、漉さずに、ほかの野菜などといっしょにそのまま具としていただきます。このぐらいなら私にも続けられる。ほんのひと手間なんだけれど、味も深みが増して、ぐっと豊かになります。よくいわれる「ひと手間をかける」というのはこれか、と膝を打ちました。慌ただしい世の中にあって、「刺繍したカバンを持ちたいから刺繍をはじめましょう」というのはちょっと私には無理なんだけれども、これぐらいのひと手間ならできるな、と思ったのです。「美味しい味噌汁で心がほっこりして、さらに体への効果があったら、こんなに良いことはないじゃないか」ぐらいの気持ちで取り組んでいます。

野菜は薬物と根菜の両方をバランスよく摂り、タンパク質はおもに魚と豆から摂って、ご飯は胚芽米や玄米、あるいは雑穀を混ぜて。お肉は控えています。よく、「あれは食べない、これもダメではストレスになって、かえって体に悪い」と言う人もいますが、病気の再発進行のリスクや死のリスクを持っているというだけで、すでにストレスはあるのです。食養生はたしかに不自由な面はありますが、そのほうがリスクに対して「なにかをしている」という実感を得られます。リスクに対してなにもしていないというのは、かえって不安です。食養生で軽いストレスがかかっているぐらいのほうが、もう一方の再発進行のリスクを抱えていることによるストレスといい意味で拮抗し、リスクに対し努力をしていると感じられます。

食養生でいちばん気をつけているのが、仮に定期検査で思わしくない結果が出たとしても、「私はこんなにがんばっているのに」という方向には考えないように、ということです。なんのために食養生をしているかというと、病気が良くなることを願っというのはもちろんなのですが、今日1日のクオリティを上げるため、ひいてはクオリティ・オブ・ライフを上げるための手段ともいえます。不安に支配されて、灰色の気持ちで今日を送るよりも、「私は今できる努力をしている」「こうしてひと手間かけてお味噌汁を作っている」という事実をたいせつに。将来の保証を求めるのではなく、今日1日を灰色にしないこと、生活の質を上げることが、私にとっては実は大きな意味があったんです。

がんからはじまった40代は、とにかく目の前のことに集中して、「悔いのない1日を送ろう」ということを考えるようにしていました。退院後からずっと定期検査を受けていますが、思わしくない結果が出ることもあります。検査結果を待つあいだは「いよいよ今度こそ、厳しい状況を告げられるのか」と思います。そんなときは「とりあえず、今日は今日の仕事をしよう」という風に頭を切り換えるようにしています。そんな感じで必死ですごしてきて、気がついたら10年が経っていました。

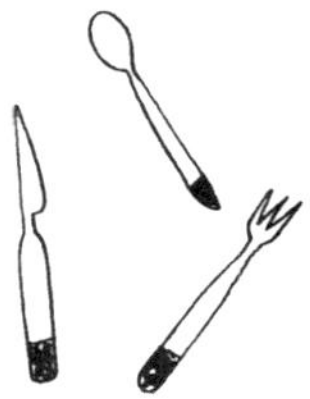

ちょっとした工夫で
深刻な状況が一変する

2014年の春、父が90歳で亡くなりました。晩年は認知症が進行していました。母は私が30代のころにすでに亡くなっているので、兄と姉と私で父の介護をしていました。5年間ぐらい兄妹が交替で在宅介護をして、最後の1カ月だけ一般病院に入院しました。

父の介護をした5年間、もちろんたいへんなこともありましたが、さまざまな「気づき」や発見もありました。たとえば父は、同じ話を何回もします。父から同じことを聞かれるたびに、私も同じことを何回も答えます。そうするうち自分がテープレコーダーになっていくような感じがしてくるんです。さすがに疲れてしまう。それで、あるときふと「ということは、私だって何度も同じ話をしていいんだわ」と気づきました。

これもつまらない例ですけれども、ある日、私が花柄の生地をイージーオーダーで仕立ててもらった、お気に入りのワンピースを着ていたんです。いくらお気に入りだからといって、服の自慢話なんて、普通の社会生活において、できるものではありません。でも、父にだったら、何度でも自慢していいんだ、と思ったんですよ。「お父さん、これ最近作ったんだけど、わりと気に入ってるのよ」と。父も、話しかけられるのはうれしいらしいし、しかも私が楽しそうに言うものだから楽しさが伝わるらしくて「ああ、きれいだね」と、そのたびに言ってくれるので私も父も気分がいいし、これはいいなと思いました。

それから、ちょっと〝芝居気〟も必要だと思うんですね。ある日、父が夢と現実がごっちゃになってしまったらしくて、朝おきるとベッドのはしに腰かけたまま「今日、日本橋の高島屋で○○さんと待ち合わせしていて、行かなきゃいけない」と焦ったようすで言っていました。朝ごはんの支度ができてもずっと「行かなきゃ、行かなきゃ」とつぶやいているんです。食卓についてくれなくて私は困り果てるし、目をはなした隙に出ていってしまうのではという心配も出てきます。そこで、ひと芝居打とうと思い立ちました。

「○○さん待ってるんだ。困ったね。そうだ、私がその人に電話してあげるよ。『今日、父が体調を崩して行けません、ごめんなさい』って、お父さんの代わりに言ってあげる」と言って、私は自分の携帯電話を手にとり、先方に連絡する芝居をしたんです。そうしたら、父はほっとしたみたいで、それ以後、「行かなきゃ」と言わなくなりました。これは効果的だなと思いました。こういうときって、「なに言ってるのよ、お父さん。高島屋なんて何年も行ってないじゃない。そんなことよりごはん冷めちゃうよ」と怒ってしまいがちですが、ちょっとした遊び心で、父の心の現実にあわせればいいんだと気づいたんです。

そんな風にアプローチを変えてみると、介護のなかでも面白いとか、かわいいと思う場面が出てきます。私は子育てをしたことがないけれど、小さい子を育てるって、似たような感覚なのかな、と思うようになりました。年長者を子どもになぞらえるのは失礼かもしれませんが。自分自身が明るくすごしていると、父の顔つきも柔和になって、するとますますかわいく感じて、ついハグなんかしたりして。「父とハグすることになるなんて、娘時代には考えてもみなかったわ」なんて思いながら。スキンシップを積極的にとっていると、父もすごく落ち着くみたいで、どんどん介護が良いほうに進んでいきました。介護の状況はそれぞれ違いますし、深刻な介護の只中にいる方々に軽々しく言えるものではないけれど、試してみるのも一方法かと思います。

つまらないことこそ工夫する、というのが私の信条です。たとえば私はがんで入院したときに、歯磨きコップとして、自分のいちばん気に入っているコーヒーカップを持っていきました。入院するからといって、急に味気ないプラスチックの歯磨きコップに変えてしまうと、なんだかめげそうな気がして。落として割ってもいいから、「普段の気持ち」になれるカップを持っていこうと。深刻な状況にある方が聞いたら「それどころじゃない」と言われるかもしれないけれど、「日常」や「些事」には「非日常」を支える力があると思います。

大橋鎭子さんが『すてきなあなたに』のなかでふれておられる、すてきなお洋服や、甘いお菓子の話にも通じるものを感じます。もしかしたら、空襲警報におびえていたころからずっと「いつかきれいな色のワンピースを」とか「いつかショートケーキを」ということが心の支えになっていたのかもしれない。そういった「些事」を、自分の人生を良くしていくほうに取り入れたというのは、とても重いことだと思うのです。取り上げているものやことがら、それ自体は軽くても、それを取り入れる動機と、与える影響は重い。そういうところまで、若い人たちがこの本を読み込んでくれると、橋渡しをする世代としてはうれしいなと思います。

「老後がある」ということはひとつの恵み

私はもうすぐ55歳になります。幸いなことに、がんの再発もせず、今のところ元気に50代の半ばをむかえようとしています。がんを経験した40代で、一度は自分の目の前から消した「老いの道筋」がふたたび目に入るようになってきました。

ひと言で「老後」というと、不安やさみしさが先に立ってしまいそうですが、40代の病気の体験を経て、「老後がある」ということはひとつの恵みであるという発想が生まれました。今、肩の力を抜いて普通に老後を語ったり考えたりできることは、幸せなことなんだなと思っています。

そうは言っても不安はもちろんあるし、あれほど生死とにらめっこした10年間があったにもかかわらず、「やっぱり死ぬのって怖いな」と思っている自分がいます。ついつい欲が出て「なんとか90歳までは生きたいわ」なんて思ったりして。

世の中には、私よりももっと苦しい、深刻な状況にある方もたくさんおられると思います。そんな困難を乗り越えるには、やはり先ほどお話しした「工夫」と、「自分の現在を人のせいにしない」ということがとても大切では、と思っています。さまざまな生育歴や、そのときの家族の事情から、自分に不本意な進路を歩んでしまった人もいるでしょう。でも、やっぱりその道を選んだあと5年、10年を経たら、今現在の自分については、もう自分で責任を持たなければ、自分自身が生きづらいと思うのです。

今ある不安はいつまでも続かない

年をとるのは、不安なことや不便なことがいっぱいあるけれど、すごく自由になること、楽になることもいっぱいあります。

たとえばもし今29歳で、このまま30歳をむかえるのがすごく不安な人がいたとして、じゃあ、この不安が40代、50代までに増大するかというと、「そうじゃないよ」とお伝えしたいです。29歳で、30代をむかえるにあたってはそれ相応の不安がある。でもそれは1回で終わる。そして、39歳になったらまた次の不安があるでしょう。でもそれも1回で終わる。人生そのときどきで、たえず不安はやってくるけれど、それぞれが別の不安です。そして、ひとつひとつの不安は「そんなに長く続かないし、増えない」ということを頭の片隅に置いておくと楽かもしれません。

30歳前まで、結婚がすべてだと思っていた時期が私にもありました。どうせどこかで結婚するんだから、今の時間はそれまでの「つなぎの時間」「仮の時間」みたいに思えたのです。だけど、30代半ばをすぎたあるとき、「いや、仮の時間と思っても思わなくても、誰にとっても1日は24時間で、1年は365日なんだ」と気づいたのです。そう考えると、仮の時間と思ってすごしていた20代のころが、本当にもったいなかったと思いました。どの1日も「本物の時間」で、それは20代だろうが、30代になろうが、50代になって容姿が衰えようが、いつでも「本物の1日」です。そして、どの1日だって一度しかないのです。だからみなさんも、今日を思う存分、大事に生きてほしいな、と思います。

きしもと・ようこ　1961年、神奈川県生まれ。エッセイスト。保険会社に勤務後、中国・北京に留学。生活文化、旅、本など多岐にわたる著書がある。近著に『きもちいい暮らしの哲学』（海竜社）、『買い物の九割は失敗です』（双葉社）などがある。

6.

門倉多仁亜

――自分だけの「スタンダード」を見つけましょう

日本人の父とドイツ人の母を両親に持ち、
世界各所を転々としてきたタニアさん。
さまざまな人々とふれあい、影響をうけながら到達した
「自分らしい、シンプルな生き方」について
語っていただきました。

Dankeschön!

Tania

義理の姉が貸してくれた『すてきなあなたに』を読んですごした田舎の夜長

7年前に主人の実家がある鹿児島県に家を建てたのですが、それまでは自分たちの家がなく、帰省するときは義父の家に泊まっていました。主人は仕事が忙しく、私ひとりで夜をすごすことも多かったので、隣に住む主人の姉が、「田舎でなにもないし、暇でしょ」と言って、本を持ってきてくれたんです。それが『すてきなあなたに』でした。そこで初めて知ったのですが、読んでみると、なんだかとてもゆったりした気持ちになりました。どこから読みはじめてもいいし、一生懸命読まなくてもいい。さらっと読めるのだけれど、読めば必ず心地よくなる。それですっかり気に入ってしまって。

義姉は私よりひとまわり年上で、暮らしをとても大切にしている人です。つねに自分らしいライフスタイルを大切に、日々の暮らしを心地よくすることを考えていました。彼女の影響を、私はたくさん受けていると思います。

そんな出会いがあってから、『すてきなあなたに』とのおつきあいはかれこれ20年ほどになりますが、いつもふとしたときに読んでいます。読んでいるのに、誰かとちょっとお話をしている感じが楽しいですね。ちょっと親しい友だちと、美味しい紅茶でも飲みながら、なんでもない会話をしているような。友だちと話すことって、別にどうってことない会話がほとんどじゃないですか。でも、「どうってことない日常」が暮らしであり、人生だと思いますし、この本には「どうってことないけれど、すごく良いストーリー」がいっぱい詰まっています。

ハードカバーの旧装版はもちろんのこと、季節ごとの特集を組んだムック版もいいんですよ。B5判で、平澤まりこさんの描き下ろしのカラーイラストがたくさん載っていて。このイラストがすごくすてきですよね。色合いがいいです。私はちょっと昔の、クラシックな感じの洋服が好きなのですが、『すてきなあなたに』のイラストには、そんななつかしさと、モードっぽさがあります。

お料理のページも、「作ってみたいな」と思わせる見せ方・読ませ方なんですよね。

義姉はよくムック版『すてきなあなたに』を見ながら作っていましたよ。忘れられないのが、きなこ飴。きなこと胡麻と蜂蜜をあわせた飴を作ってもらって、すごく美味しかったのをおぼえていますね。

ファッションについても、「流行に左右されない自分らしさを」というようなことが、いつも書いてある。私自身もそういうスタイルを目指してはいるのですが、やっぱりときどき迷いが生じてしまうことがあります。でも『すてきなあなたに』を読むと、「うん、やっぱり間違ってなかったんだ」と思わせてくれるのがうれしいですね。

私はとくに、大橋鎮子さんのいろんな友人知人を紹介したお話が好きで、なかでも「秋は自転車に乗って」というエッセイがお気に入りです。詩人の深尾須磨子さんは自転車に乗れなかったそうですが、イタリアに旅行でいったときに、みんなが楽しそうに自転車に乗っているし、おばあさんが子どもふたりぐらいを後ろに乗せてスイスイと乗りこなしているのを目の当たりにして、「50歳の私に乗れないはずがない」と思い立ち、自転車を貸してもらってイタリア人のおじさんに教えてもらい、たくさんの現地の人たちも応援してくれて、乗れるようになった、というすてきなお話です。

エッセイの締めくくりには、みんな、年をとるといろんなことができないと思いがちだけれども、人生は短いのだから、なんでもやりたいことをしたほうがいいですね、というようなことが書かれていて、とても印象に残っています。言われてみればそのとおりだし、わかってはいるけれども、なかなかできない。こういう、ちょっとした後押しにすごく励まされます。

情報に惑わされず　他人に流されず
自分の「芯」を持つことが大切

「なんでもシンプルに」という哲学にも、とても共感します。私もこういう仕事をしているので、情報を発信していますけれど、今の世の中、情報が多すぎて、頭のなかがぐちゃぐちゃになることがあるので、そんなときは『すてきなあなたに』を読んで「本当はそうじゃないよ」と再確認させてもらって、リセットしています。本質とはなんなのか、本当に大事なことはなんなのかを、いつでも教えてくれる本です。

料理の仕事をしていると、「毎日違うメニューで」という強迫観念にとらわれすぎですよ、と言いたくなるんです。毎日違うものを食べる必要はないし、べつにレストランじゃないんだから、そこまで凝っていなくたっていいと。そういうことが大事なんじゃなくて、今は女の人も働いていて忙しいんだから、できる範囲内で、健康に良くてシンプルで普通に美味しいものを作ればいいのに、と思うんです。でも、「あちこちの料理番組でもいっぱいレシピを紹介しているし、あれも作らなきゃ、これも作らなきゃ」と、みんな自分に自信がないというか、情報に左右されすぎな気がして、すごくもったいないと思います。ともすれば自分もそうなってしまうので、気をつけないといけないのですが、もっと普通でいい、「自分の普通を見つけましょう」ということなんです。

昔の日本人って、1本、筋がとおっていた気がするんです。幕末の時代に着物姿で堂々とニューヨークの五番街を闊歩した武士がいたと、なにかの本で読みましたが、「他人と違っていたって、自分は間違っていないんだ」「これが自分の生き方なんだ」

と思える、そういうかっこよさは、どこへいっちゃったんでしょうね……。

私の両親は、日本人の父とドイツ人の母の国際結婚です。父の転勤が多かったので、物心つかないうちから世界のあちらこちらを引っ越してまわっていました。ですので、高校生ぐらいまでは、さまざまな国の、さまざまな地域の、さまざまな人の価値観にふれ、カルチャーショックの連続でした。そのなかで、自分にとっての「当たり前」は、人にとっての「当たり前ではない」ということを学びました。ときには、自分を否定されたような気持ちになって、つらいこともありましたが、やっぱりそこで気がつくことも多いし、だからこそ自分の「芯」を持つことが大切だと痛感しました。人間は誰しも、自分が生まれ育った環境や文化から無意識のうちにいろいろなことをインプットされているということを再認識して、そのうえで、自分で選択し、自分のスタンダードを見つけるのが大事だと思います。

日本人の父とドイツ人の母――
人間の根本はなかなか変わらない

私が日本人のいちばん好きなところは、大騒ぎしないところです。穏やかに、大きな声を出さずに、いろんなことがあるなかで、うまく話し合いをして、丸く収めようという「和」の精神ですね。西洋はもっと戦わないといけないので大変です。「言わない」というのは「弱い」という意味になってしまい、そこが西洋とアジアでは根本的に違いますよね。

アジアは中国哲学、西洋はギリシャ哲学をルーツにしているので、まったく考え方が違うんですね。ギリシャ哲学は「個」を重んじるので、まず「私」という最小単位ありきです。その次に家族や社会といった単位があります。しかし、中国哲学には「個」という概念がない。「個」や「私」というのは、家族や社会に包括されるもの、属するものという考え方なんです。

私は日本ですごした時間が長いので、どちらかというと日本人の「まあ、まあ」と争いごとを回避するやり方は好きです。でも、あまりにも自分の意見を言わないのは危険なことなので、気をつけなければなりません。西洋の「自分の意見をしっかりと持つ」という考え方は素晴らしいです。でも、やみくもに論争をしかけたり、自分の言いたいことだけを主張するのはいけません。人の意見に耳をかたむけることが大事です。ですから、両方の長所を取り入れつつ、短所を改善していくというバランスがとても大切だと感じます。とてもむずかしいことですが。

両親を見てきて思うことは、日本人とドイツ人は根本的なものの考え方がまったく違うし、それはなかなかお互いに変われないということ。ですから、母が日本に来たときは大変だったと思います。母が日本に来てすぐのころ、家庭教師に日本語を教えてもらっていたと言います。おばあさんの先生で、とても日本人らしい、いい方だったそうですが、先生が言った「ご主人が帰ってきたら、日本では玄関に行って三つ指ついて『お帰りなさいませ』と言うんです」ということが、母はどうしても受け入れることができず、以来、母は日本語を学ぶことをやめました。だから、我が家の公用語はずっと英語です。英語なら全員が対等な関係を保てるから。母にとってはそれが大切だったのだと思います。母もずいぶんと長く日本に住んでいますが、「ドイツ人としての自分」を今でも持ち続けていますし、それは母にとって大切なアイデンティティなので、家族みんなが尊重しています。

自分の考えを持つうえで大切なのは「練習」

日本人とドイツ人は似たところもあって、勤勉で時間に正確で、ちょっとシャイな感じは共通しているなと、いつも思っています。でもやっぱり、個人主義と団体主義という部分では真逆なんですね。以前、日本人の方から「どうすれば自分の意見が持てますか?」という質問を受けたことがありますが、単純に「練習」だと思います、とお答えしました。たとえば西洋だと、夕食のときの家族の会話でも「あなたはどう思うの?」という言葉が頻繁に出てきます。「今ニュースではこんなことが報道されているけれど、あなたはどう思うの?」と。最初のうちはうまく自分の意見が言えないかもしれないけれど、なんでもいいから思ったことを言葉にする。「私はこれが好き」というものをはっきり持つ。そういう練習の積み重ねで、だんだんと自分の意見が持てるようになってきます。

最近の日本人の多くは、子どものころからあまり考える習慣がないというか、考えないように教わっているようにさえ見受けられることがあります。「考えない」ということは、多数意見に流されてしまう、間違った考えに感化されてしまうという危険をはらんでいます。昔のドイツ人もそうでした。第二次世界大戦でナチズムに洗脳されてしまったのは、だれもが自分で考えるのをやめてしまったから。ドイツ人にとって、戦争のいちばんの教訓はそこで、戦後の学校教育では徹底的に「自分自身で考える」ということを叩き込まれます。だから、学校の授業はディスカッションが中心です。「答えはひとつではない」という前提で先生が授業を進め、生徒全員が「自分はこう思う」と自分の意見を言って、「あなたはどう思う?」と、人の意見を聞きます。人が言ったことをバカにしたり笑ったりしてはならず、誰の意見をも「なるほどそれはひとつの意見ですね」という姿勢で聞くのが絶対的なルールです。こうして、ドイツの子どもたちは小学生のうちから議論の仕方をおぼえていきます。

私、中学生のときにアメリカから日本に帰ってきて、ためしに英検を受けてみたんですよ。そうしたら、10点も取れませんでした。まったく意味がわからなくて。日本の学校の英語って、穴埋め問題にも決まりごとがあって、必ずひとつの答えを要求するじゃないですか。本当は、答えはひとつじゃないはずなのに。なんでも暗記暗記でおぼえさせられるんでしょうね。残念なことだと思います。

日本の東日本大震災の原発事故から学んで、ドイツは脱原発を決めました。これも、メルケル首相が十数人の識者を選んで、公開の討論で決まったんです。カトリック教会、プロテスタント教会、原発エネルギーの専門家、哲学者、さまざまな分野から人を集めてテレビカメラの前で3日間、徹底的に話し合いました。テーマは、「ドイツをどういう国にしていきたいか」ということ。その結果、「ドイツは安全な国でなければいけない」「原発はいらない」という結論に達しました。しかし、完全に原発から撤退するには、まだまだ課題が山積みで、ドイツ人ひとりひとりが、エネルギーの消費をどうするかという問題を考えていかなければいけません。

ドイツ人は、環境に対する意識が高いです。最近、私のドイツの友人たちのあいだでもベジタリアンが増えてきたのですが、自分の健康のためではなく、地球のためにやっている人が多いんですね。「いちばん地球を汚しているのは動物の飼育である」という考えがまず先にあって、動物の肉を食べるのをやめて、動物の飼料になるはずだった大豆などを食べれば、ついでに自分たちの健康にも良い、という一石二鳥の発想です。あくまでも自分の健康のことは「結果として生じる副産物」という考え方で、日本とは順序が逆なんですね。ドイツ人は、ひとりひとりがイデオロギーを持つことを恥ずかしがらない、厭わない。こういうところは、ぜひ見習っていきたいです。

ドイツ、アメリカ、日本
3カ国をいったりきたりの成長期

日本人の父とドイツ人の母を両親に持って、世界のいろんなところに住んできて、たくさんの経験をさせてもらいました。今でこそ感謝していますが、思春期ぐらいまではけっこう大変でした。よく泣いてましたね。

生まれは神戸です。航空会社に勤める父の勤務先が当時、神戸でした。私が2歳のころ、父が病気になってしまい、母が看病に専念できるように、私はドイツの祖父母のところにあずけられ、3歳までの1年間、両親とははなれてドイツで暮らしました。帰国したあと、神戸から横浜に移り住み、弟が生まれ、幼稚園まで横浜ですごしました。その後、父の転勤でアメリカに行くことになったんですが、ちょうど転勤の決まった日に妹が生まれて、母は子どもを3人も抱えて移動はできないというので、私と弟はふたたびドイツの祖父母のところに行って、小学校はドイツで入学しました。1年後に親元のニューヨークに移り、小学校2年生から6年生までアメリカに。

その後日本に帰ってきて、学年の都合でもう一度6年生から入りなおして、高校で横浜から関西に引っ越してインターナショナルスクールに入りました。卒業後、もう一度ドイツの高校に編入し、卒業後、ICU（国際基督教大学）へ行くために日本に帰国……という、成人前まではめまぐるしく環境が変わる日々でした。

いちばん多感な、中学から高校ぐらいまでのころはつらかったですね。中学校の3年間は日本で、都内の公立中学校に通っていたのですが、ドイツやアメリカの学校事情とはぜんぜん違うし、日本語もしゃべれないし書けないし、「なんでみんなおそろいの体操服を着なきゃいけないの?」とか、わからないことだらけで。高校は関西のインターナショナルスクールに通ったのですが、せっかく悩みながらも中学校の3年間で日本に慣れたと思ったのに、今度はインターナショナルスクール独特の文化・習慣に対応しなくてはならなくて、振り出しに戻ったような思いがして、またシュンと自分の殻に閉じこもってしまいました。自分の居場所がわかりませんでした。

インターナショナルスクールを卒業してから、もう一度ドイツの高校に入りました。ここでは楽しくすごせました。ドイツの高校は4年制で、私は4年から編入して。ドイツでは、高校を卒業すれば日本の大学卒業に相当する資格が取れるんです。だから、ホワイトカラーになる人はほとんど大学に行かない。アビトゥールという卒業試験のある高校に行けば、一流企業に就職することも可能です。アビトゥールの試験はエッセイと、任意で選択した学科試験と、あとは口頭の試験。だから答えはひとつじゃないんです。エッセイも、数学の試験も、「どういうプロセスでこの答えに達したか」を説明するんですが、少しでも合っていれば点数をくれるんです。どんなことでも考え方、理論の作り方を大切にするというお国柄があらわれていますよね。

大学は三鷹のＩＣＵに行ったのですが、ここは私のように複数の国にルーツを持つ人、いろんな国の文化の影響を受けてきた人がいたので、楽でしたし、楽しかったです。小規模の大学なので人数が少なくて、ちょっと変わった学校でしたね。

ドイツの高校へ行くまでは、人間関係で大いに悩んだ学生時代でしたけれども、だからこそ、「答えはひとつじゃない」ということを学んだ気がします。いろんな国を転々として、「今、ここでなにがおきているか」ということを察知する能力だけは変に発達してしまったんですが、いろんなところで、いろんな人の暮らしを見て、いろんな良いところをちょっとずつつまみ食いしてきたことが、今の仕事やライフスタイルにつながっていると、強く感じます。それぞれの場所で、「こんな暮らしすてきだな」とか「こんな人になりたいな」とか、そういうものの寄せ集めを、ちょっとずつしてきたんでしょうね。

「親は子どもを自立させることが仕事」というドイツ人の考え方

2歳から3歳までのあいだと、小学校1年から2年までのあいだ、両親とはなれてドイツの祖父母と暮らしていましたが、実際そんなに寂しくはなかったんですよ。ドイツ人の親は子どもを自立させることが仕事だと思っているので、「日本の親とはぜんぜん違うな」というのは普段から感じていましたが。今でも思い出すのが、中学校のときに彫刻刀を忘れたときのこと。「お願いだから持ってきて」と母に電話したんだけれど、「そんなの私は知りません」と一蹴されて。私も母の性格はわかっているので、「だよね……」と。結果、廊下に立たされました。

小さいころから「なんでも自分の責任でやりなさい」ということを教え込まれてきました。母は「親は親、子は子」で切りはなす主義でした。家族ですごす時間もあるけれど、母が「個人」になる時間も必ずありました。母は本が大好きなので、「本を読んでいるときは声をかけてはいけない」という暗黙のルールがありました。私が日本で中学時代をすごしているときは、母は子ども3人を日本に置いて、ひとりでアメリカに留学していました。どうしても大学を卒業したいと言うので、そのあいだドイツから祖母がきて子どもたちの面倒を見てくれていました。母は自分のやりたいことを貫くかわりに、子どものことも、ひとりの人間として対等にあつかってくれました。だから、わりと私たち子どもも平気でしたし、ちょうどよい距離がある感じです。もちろんなにかあれば、お互い助け合いますけれども。

今のようなシンプルな生活になったのも、子どものころから引っ越しが多かったことが影響していると思います。輸送費のことを考えると、すべての物は持っていけないので、どうしても「これだけは持っていきたい」という物を選ぶ習慣がつきました。でも、事情が許すのなら全部とっておいてもすてきだなと思うし、思い出は大事に、「使うか使わないか」ということと、スペースを考慮して、たいせつな物を厳選するというのがいいですね。私は、赤ちゃんのときの思い出としてお猿さんのぬいぐるみをひとつだけとってあって、今もベッドにいます。あとは小学校のときのノートが1冊とか、その程度はありますが、それで充分です。物を捨てたからって、思い出まで消えるわけではないということがわかっているので。

ドイツの祖父母との生活が自分のルーツ

ドイツに祖父母と住んでいたときは、祖母が働きに出ていて、祖父は心臓を悪くして休みを取っていたので、1年間ずっと祖父と一緒だったんです。私はとてもおじいちゃん子でした。祖父は外から帰るといつも靴をきちんとそろえて、コートはちゃんと掛けて、というきちんとした人でした。だから、自分がいちばん影響を受けた人って、やっぱり祖父なのだと思います。まさに「三つ子の魂百まで」ですね。どこでどう、誰のもとで育つかというのは、やっぱり大きいです。「なにが当たり前で、なにが当たり前じゃないか」の基準が、そこでできてしまうんですね。

大人になってから「ああ、なるほど」と思ったのが、小さな子どもとお年寄りって、ペースが一緒なんですね。だからすごく相性がいい。お母さんって、家事と子育てと、場合によっては仕事とで、忙しいですよね。子どもが数人いたりすればなおさら。早く家事を片づけてしまいたいから、子どもがなにか質問すると「今忙しいからあとでね」という感じで。でも、おじいちゃん、おばあちゃんは、子どもが何回同じことを質問しても、「そうだよ。こうするんだよ」と、何回でも答えてくれる。私の祖母は台所に立っていても、私がどんな失敗をしても、何度でもやさしく教えてくれました。だから、2歳から3歳の1年間、私はと

ても幸せだったんだと思います。厳しいところもありましたが、私のためにたくさん時間を割いてくれた。それはなによりも幸せなことです。

祖父と祖母はベルリンの近くで生まれました。戦後ポーランドになってしまった場所なので、全部捨てて、着の身着のままで逃げてきたのですが、祖父は、年をとってからいつも自分の田舎の話をたくさんしてくれて、やっぱり思い出って残るんだな、と思いました。物が残っていなくたって、心のなかに思い出がきちんと残っていれば、幸せに、豊かに暮らしていけるんだということを、祖父母を見ていて強く実感しました。

祖母が亡くなったときに、祖父は祖母の身のまわりの物をほとんど捨てました。祖母がいちばん大事にしていた、生まれ故郷から唯一持ってきたミシンも、「もう使わないから」と、どこかに寄付をして、残したのは、写真と、いつも被っていた帽子だけ。びっくりしました。祖父は80歳からずっと独り身だったのですが、ぜんぜん不幸な感じがしませんでした。ワインを飲みながら、祖母との思い出に浸って、いつも満足そうでした。大事なのは「物」じゃないんですね。祖父母の経験したことや、やっていたこと、「きちんと整った暮らしはたいせつ」というドイツの教えは、私のベースにしっかりとあります。

「もっとシンプルでいい」そう気づいたら、楽になった

大学を卒業してから、ドイツ系の金融会社に勤めて、同じ業界の主人と知り合い、結婚しました。金融会社の仕事は、それはそれはハードでした。ぜんぜん仕事が楽しくなくて。父から「『石の上にも三年』だぞ」と言われ、3年ぐらい勤めたら仕事の面白さがわかる日がくるのかな、と思ってがんばってみたんですけれど、その日はきませんでしたね。なんだかゲームみたいで、好きになれなかったです。もう嫌で嫌で、泣きながら仕事をして、いつも心配ばかりしていました。結局、十二指腸潰瘍を患ってしまいました。

主人がイギリスに留学することになり、私も金融会社を辞めていっしょについていきました。その際に、ロンドンのル・コルドン・ブルーに入学してフランス料理を学びました。帰国したあと、お友だちにお料理を教えたりしていたんですが、あるときＮＨＫのドイツ語会話の番組から声がかかって、「料理コーナーを担当してほしい」「文化としてドイツ料理を紹介してほしい」と言われました。私が紹介していたのは、祖父母から教わったすごくシンプルな家庭料理です。ひと口に家庭料理と言っても、「こんな季節に、こういう風にして食べるものです」といったストーリーがたくさんあるんです。紹介しながら、ああ、料理って本のなかのものだけじゃなくて、その国の文化と、その地域の暮らしのなかにあるものなんだな、ということにあらためて気づきました。

あるとき、鹿児島で義母とＮＨＫの『きょうの料理』を観ていたら、どこかのレストランのシェフがちょっとむずかしい料理を紹介していたんです。調理台に食材の野菜をいっぱい並べて。それを観ていた義母が、「この人はこんなにたくさんの種類の野菜を育てているのかね」と言ったんです。義母にとっては「野菜は自分で育てるもの」なんですね。そのときに「本来の料理ってそういうことなんだな」と、ハッとして。自分がいちばん美味しいと思っていた、ドイツの祖母が作ってくれた料理や、鹿児島の義母が作ってくれた料理って、いつも同じものなんです。でもそれが美味しくて、楽しみで。それが家庭料理なんだ、もっとシンプルでいいんだ、ということに気づいたんです。これは、料理のほかにも、暮らしや生き方にも言えることだな、と思いました。その気づきから、もうちょっとリラックスしていいんだな、と思うようになったんです。そこから、いろんなことが楽になりました。

結婚してすぐ、まだ金融会社に勤めていたころに、真冬にスーパーでゴーヤーを見つけて、鹿児島の義母に調理の仕方を教わろうと電話をしたんですが、「今ゴーヤーがあるの⁉」と驚いていました。そのころの私は、ゴーヤーが夏のものだということすら知らなかったんです。季節ごとの、旬のものを使って料理して、美味しくいただく。これが本来の姿だし、いちばんの贅沢なんですよね。「この季節には、こんなに元気な野菜が出てくるんだな」とか、本当に小さなことで、喜びってありますものね。

シンプルな暮らしに目覚めてからは、季節に敏感になったうえ、田舎が大好きになりました。以前よりもっと頻繁に鹿児島にいくようになり、義母から野菜や畑のことを教わるようになりました。そのうち、鹿児島に住みたいという気持ちがどんどん大きくなってきて、主人の実家の敷地内に、私たち夫婦の家を建てさせてもらいました。同じ土地に義父母の家、義姉家族の家、そして私たち夫婦の家と、みんないっしょに暮らしています。道を隔てたむこうには親戚がいて、ちょっと歩けばまた別の親戚がいるというような、古くから続く日本の暮らしです。春には山でよもぎを摘んでよもぎ餅を作ったり、自分で作った季節ごとの野菜を採って料理をしたり。毎日が遠足のようで、最高に楽しいです。都会では消費するばかりですけれど、田舎は、物がないぶん自分で考える、自分で作るという機会が多い。とてもクリエイティブですよね。今は、月に1週間ぐらいのペースで鹿児島に帰っています。

最近、鹿児島の家で朝食のあと、手まわしのミルでコーヒー豆を挽いている瞬間に、すごく幸せを感じます。東京にいるときは主人の仕事がとにかく朝早いので、そんな余裕はないんですが、鹿児島ですごすときに、豆を買ってきて挽いてコーヒーを淹れる余裕が、最近やっとできてきました。時間の余裕とともに、気持ちの余裕が出てきたということですかね。コーヒーを飲みながら、「今日はなにをしようかな」なんて考えている時間は、最高に幸せです。

地方から発信できることを――「成長のない豊かさ」を求めて

2014年、内閣が主宰する『暮らしの質』向上検討会」という討論会に出させていただく機会がありまして、今の世の中をもっとよくするためには、もっと話し合いを重ねていかなければいけないなと痛感しました。日本も世界も、いよいよ利益至上主義を見なおす時期にきていると感じます。数年前、「国民総幸福量」が世界一のブータンに注目が集まりましたが、増益増益と血眼になるのではなく、「成長のない豊かさ」というものに目をむけていく必要があると思います。世界各国のシンクタンクは、徐々にそういう考え方をはじめています。私たちひとりひとりが考えて、答えが出ないとしても、対話を続けることが大切だと思います。小さなこと、ちょっとしたことからでもいいから、みんなで考えていかないといけないな、と。

私個人としては、間もなく50代に突入するのですが、まだまだ勉強したいと思っています。私の母が60歳のときに大学院を卒業したんですが、私もいつかは時間を作って、なんらかのかたちで学びたいです。テーマとしては、ひとりの人のなかに、いかにして文化的価値観が生まれていくのか、というようなことにすごく興味があります。先ほど詩人の深尾須磨子さんが50歳で自転車に乗れるようになったというお話しをしましたが、人間、何歳から新しいことをはじめたっていいんですよね。まだまだ知らないことが世界にはたくさんあって、好奇心さえあればいろんなことができるし、いくらでも勉強することはあります。

金融会社で心身をすり減らした20代、シンプルライフに開眼した30代、鹿児島に家を建て、田舎暮らしの良さを再認識した40代とすごしてきましたが、あっという間でした。60歳になったときに、「50代はどうでしたか?」と聞かれて、「ああよかったな」と言えるような10年にしたいです。ものごとは悪く考えれば悪くなっていくし、良く考えれば良くなっていく。小さなことに幸せを見出しながら、楽しく生きていければ、と思っています。ただ、がんばるところはがんばらなければいけない。そのメリハリとバランスをたいせつにして。

座右の銘は「ケセラセラ」。人生、大変なこともたくさんありますが、けっこうなんとかなるものです。「死ぬわけじゃない」と思っていれば、きっとなんとかなります。根が心配性なので、なるべく心配しないように練習をしています。「明日のことは明日考える」という心がまえで。

鹿児島に、鹿屋市と商店街が協力してはじめた「KITADA SARUGGA（キタダ サルッガ）」というアンテナショップがあるのですが、私も最近そこに出店をさせてもらっているんです。「サルッガ」とは鹿児島弁で「ちょっと歩こうよ」という意味。20代の女の子たちに運営を任せて、2016年1月にオープンしました。地元の方が作った野菜や加工食品、雑貨などを販売していて、小さなカフェスペースもあります。私がいつも通っている果樹園で採れる「タンカン」という柑橘類をグラニュー糖で煮て乾燥させた、オレンジピールならぬ「タンカンピール」を置かせてもらったりもしています。そのショップのお手伝いを通じて、地元の活性化に協力できたらうれしいですね。世の中では「若者の地方ばなれ」が叫ばれて久しいですが、鹿児島には自分の田舎に魅力を感じて誇りを持っている若い人たちがたくさんいます。彼らといっしょに、街の魅力を発信できたら楽しいと思うので、私なりにできることをしていきたいです。そんなことをしながら、これからも楽しく、私らしい50代をすごせていけたら、と思っています。

かどくら・たにあ　１９６６年、兵庫県神戸市生まれ。料理研究家。料理のほかに、ドイツのライフスタイル全般をテレビや雑誌などで発信している。著書に『タニアのドイツ式シンプル料理』（ＮＨＫ出版）、『ドイツ式 心地よい住まいのつくり方』(講談社)などがある。また、『３６５日の気づきノート』（ＳＢクリエイティブ）が２０１６年３月に発売された。

7.

堀川 波

日々、「点と点」をつないで生きている

これまで、年齢とライフスタイルの変化に応じて
絵本、エッセイ、スタイルブックなど、
さまざまな作品を発表し続けてきた堀川波さん。
彼女の、「手のひらと足の裏で感じる」
毎日とは――。

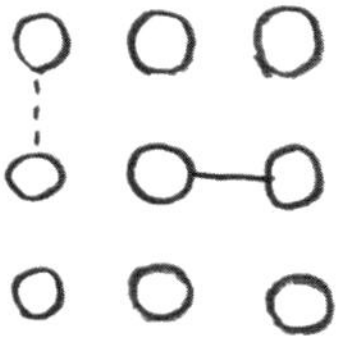

わたしの小さな点と
誰かの小さな点が
つながっていきますように

堀川波

相反するふたつのものが同居した不思議なエッセイ

花森安治さんのイラストとアートワークが大好きで、というのが入口でした。会社員を辞めてフリーランスのイラストレーターになって、自分の本を出すようになったころ、勉強もかねて古今東西の装丁を集めていました。旧装版『すてきなあなたに』はそのなかで出会った本です。

花森さんのカラーイラストがあしらわれた箱型のカバーをはずすと、エンボスが施された上品な白のクロス張りのハードカバー。手書きの「すてきなあなたに」のかわいい文字にきゅんとさせられます。表紙をめくると、品のある色合いの見返し。そして花森さんによるすてきな見開きのイラストが登場します。花森さんが単行本の宣伝に書かれた文章があるのですが、そのなかの「ささやかな、それでいて心にしみてくる」というフレーズが、私は大好きです。グッときます。本文に添えられた挿絵もすてきですよね。エッセイのタイトルは見返しと色を合わせています。この手書き文字にもきゅんとしてしまう。しかも、このためだけに2色刷りにしてあって。1冊の本として、すごく贅沢だと思います。花森さんのアートワークは、ほっこりするのに尖っていて、なおかつ乙女っぽさもあって、〝きゅんきゅんポイント〟だらけです。懐かしいのにモダン。それはつまり、永遠に廃れないってことですよね。すごくあこがれます。

もちろんエッセイも読んでいます。20代のころから読みはじめたので、当時は「自分とは重ならない別世界のもの」としてとらえていました。「紅茶を飲んでいる、すてきなおばさま」というイメージで、当時の私にとって「共感」という感覚はなかったです。けれども不思議なことに、そういう独自の世界観や空気みたいなものが心地よかったんです。「こういう世界もあるんだなぁ」という感じで。

それから年月が経ち、40代になった今読んでみたらどうかというと、下の小学校6年生の息子が「勉強しないで遊んでばかり!」とか「習い事に集中して!」……と日々悩んでいる私にとっては、やっぱり別世界なんです。それなのに、変わらず心地よい。この本に書かれていることを自分に「取り入れよう」というのではなくて、フィルターをとおして自分とは違う女の人の暮らしを覗き見る感覚というか。読んでいるあいだ「ちょっと違う自分になれる」という楽しみがあります。

１９６９年から連載が続いている『すてきなあなたに』は、かなり昔のお話なのに、今読んでみても「先をいっている感じ」がします。花森さんの、「いつの世でも先をいっている感じ」の精神が、この本にもあらわれていると思います。その一方で、すごく地に足が着いている感じがあるから、不思議なんです。相反するふたつのことが同居している。大橋鎮子さんの華やかな人脈や海外での見聞録など、はなれた世界のことが書かれていたかと思えば、「寒い朝には生姜湯を飲みましょう」という感じで、すごく近距離によってくる。遠い話と近い話が交互にやってくるのが面白いです。

ひとりの人物ではなく、ひとつの〝集合体〟が書いている感じも独特ですよね。大橋鎮子さんという人物の「その人っぽさ」というものが出ていない。だからこそ心地よいのかな、と思います。「いろんな人の良い言葉」や「みんなのお便り」を読んでいる感覚で、いつでもフラットに読めるところが好きです。もし大橋さんのパーソナリティが前面に出ていたなら、「この人は結婚しているのかな?」とか「子どもはいるのかな?」とか、そっちのほうに興味がわいてきてしまいそうです。

花森さんが書かれた本や記事を読んでいると、大橋さんを「なんでも用意できる人」と評しているのをよく目にします。私にとって大橋さんは、編集者としていつでも花森さんの手となり足となり、けっして前に出ず、見えないところで、花森さんがやりたいように、やりやすいように万全の準備をする人、という印象があります。すごく行動力があって、「働く女」のイメージ。だから、その対局にある「暮らし」を主題にしているところも、この本の興味深いところですね。

もうひとつの不思議なところは、「知らないあいだに積み重なっている」感覚。本当に何気ない、他愛のないエピソードが、ふとしたときに思い出されるんです。たとえば、サンドウィッチを食べるときはいつも、『すてきなあなたに』のなかにあった、「サンドウィッチを食べたあと、となりにいた婦人からチューインガムをもらった」というエピソードを思い出す自分がいます。「取り入れよう」という気持ちはなかったけれど、知らないうちにそっと、自分のなかに積み重なっていたんですね。

日常の、ほんのささいなことでも満たされるんだよ、というメッセージは、とても共感するところです。言ってみればこの本は、膨大な量の「日々のささいなことのメモ」の集積だと思うのです。私はイラストや執筆の仕事を家でずっとやっていて、仕事と家事のサイクルで、大橋さんのようにしょっちゅう海外にいったりはできませんが、「見える範囲のこと」をよく見てみよう、「暮らし」を見つめようという気持ちで、メモをとり続けています。たぶん大橋さんもそうだったのではないかと思うのですが、メモをとることで「気づき」があって、いろいろなことがよく見えてきて、深まったりするんですね。

『すてきなあなたに』を誰かにあげるとしたら、やっぱり年下の友だちでしょうか。ポケット版の『10 たのしいクックブック』などは、新婚さんへのプレゼントにもいいかもしれません。今の20代の人たちのほうが、かえって先入観なく入っていけそうな気がします。「こういう世界観にハマってみるのもいいよね」という、一種のコスプレというか。こだわりのある、おしゃれな若い人が好んで読みそうです。勝手な想像ですが、女優の二階堂ふみさんが「好き」って言いそうなイメージ。そんなところも、世代を超えて愛される『すてきなあなたに』の不思議な魅力です。

絵と雑草が大好きだった少女時代
小学校5年生でイラストの道を決意

私の出身は大阪府の南部、堺市の「泉北ニュータウン」という場所です。山を切り拓いて団地をいっぱい建てたようなところです。都会ではないし、かといって渓谷とか海のような大きな自然もない。新興住宅地だから、伝統や文化もない。言ってみれば「なんにもない街」です。だからこそ、今の仕事にもつながる「日常の、ちょっとしたもの」に目をむける感覚が育った気がします。原っぱや雑草が大好きで、頭のなかには自分で作った「雑草地図」「実のなる木地図」がありました。「葉っぱって、1枚1枚違うかたちなんだな」とか「髪の毛っていったい何本あるんだろう?」とか、「近場にあるものの果てしなさ」みたいなことを、ずっと考えているような子どもでした。

絵を描くことも大好きで、学校の休み時間にはいつも絵を描いていました。友だちのリクエストにこたえて、当時夢中だったティーン向けファッション雑誌『Lemon』のキャラクターの「レモンちゃん」を本物そっくりに描くのが得意でした。私のレモンちゃんイラストはけっこう人気で、机の前に行列ができたりもしていたんですよ。当時、POSCAっていう水性サインペンが出たてのころで、ノートの表紙に絵を描いてカラフルに色を塗ったりしていました。それを見た担任の先生が「波ちゃん、イラストレーターになれるんじゃない?」と言ってくださって。「イラストレーター」という言葉をそのとき初めて聞いて、ただ好きなだけでは終わらず、絵を仕事にできるんだ、と驚きました。うれしくて、小学校5年生のときに、ぼんやりとですが将来イラストレーターになりたいなと思いました。

高校は工芸高校の図案科に進みました。当時はまだ「デザイン学科」という名前じゃなかったんです。大学は大阪芸術大学、グラフィックデザイン専攻で、シルクスクリーンという印刷技法を学んでいました。そのシルクスクリーンで小さなメッセージカードを作っては、いろんな友だちにプレゼントしていたのですが、のちに高校時代の友人が「LoFt」に売り込んでくれて、販売をはじめたのが今の自分のスタートになりました。

おもちゃメーカーに就職して2年
恩人に背中を押されて独立

大学卒業後はおもちゃメーカーに就職して、それを機に上京しました。会社員として働きながら、メッセージカードの仕事もいただいていたので、平日は会社で働き、週末に作品を作るという、二足のわらじの生活でした。シルクスクリーンなんて家にはなかったので、プリントゴッコで作っていました。なつかしいです。それで、だんだんイラストのほうの収入も上がってきたぞ、となったときに、自立してみようと思い立ちました。その当時は今の時代と違って「フリーがカッコいい」みたいな流れがあったんです。「公務員なんて夢がないよね」ぐらいに思っていました。22歳で会社で働きはじめて、24歳で独立。若さゆえのパワーがあったからできたことだと思います。このご時世、来年はおろか、来月のこともわからないですから、今の自分なら恐ろしくてとてもそんなことはできません。

独立を考えていたときに、背中を押してくれた方がいたんです。それは私が働いていた会社の会長でした。会社に入る直前に、モロゾフという神戸の洋菓子メーカーが「愛の詩」を募集するという企画をやっていて、応募していました。そうしたら、入社して2カ月経ったところで「当選です」との知らせがきました。副賞がイタリア旅行1週間で、「ええっ!!」と思って、それを会社に言ったら、会長が「有給で行ってきなさい」「いろんなものを見てきなさい」と、入社したてのぺーぺーの私を行かせてくれたんですよ。そもそも採用試験も会長との面接が決め手だったので、当初から「変わった子だな」と面白がってくださって、入社後もなにかと気にかけてくださっていたのだと思います。「あなたは絵と言葉で表現ができる人だね」と言って、私の作品をほめてくださったり、「金子みすゞを読みなさい」とアドバイスをくださったり。私はお金の計算がぜんぜんできなくて、「来年度のナントカ予算」なんて言われてもチンプンカンプンだったので、そういう部分は諦めてくださっていたんだと思います。

結果として、入社たった1年10カ月ぐらいの、勉強させてもらう手前ぐらいのところで辞めてしまうことになり、申し訳ない気持ちでいっぱいだったのですが、辞める

ときに会長からいただいた言葉が、今もずっと、私の心の支えになっています。会長は、

「あなたは自分の手のひらと足の裏で感じることのできる子だね」

と言ってくださいました。このあと、たとえフリーで失敗したとしても、お金がなくなって裸一貫になったとしても、手のひらと足の裏で幸せを感じる力がある、だからどうにでもなる、と。本当にうれしかったです。「たとえ絵だけで食べていかれなくても、どんな仕事でも楽しんで生活はできるんだ！」と思えたことで、強くなれました。私のことをそういう風に思ってくれる人がいると思うだけで、やっていける気がしました。そもそも会長に面接で合格の判を押してもらわなければ、東京に出てくることもなかったわけです。大きな出会いでした。会長には、辞めてからも食事に連れていっていただいたり、出版社を紹介していただいたりして、本当に感謝していま す。こうして2年弱勤めたおもちゃメーカーを退社して、フリーランスのイラスト

レーターになりました。

仕事が安定してきたとたん夫が主夫に……

独立してからも引き続き、絵に詩を添えたメッセージカードを売る日々でした。プリントゴッコでひと月に1000枚ぐらい作って売っていたんですが、たまたまそれを見た出版社の編集の方が「まとめて絵本にしませんか」と言ってくれたのが、単行本デビューとなりました。『わたしの好きなひと』（リヨン社）という本です。当時、メッセージブックみたいなものが流行っていて、その流れにうまく乗ることができたんですね。そこからは、わらしべ長者のように綱渡りをし続けて、今に至ります。ありがたいことに、私はこれまで自分から売り込みをしたことが一度もなくて、今の仕事が次の仕事につながって……という感じで、なんとかやってこられています。「出会い」って本当にたいせつだなぁと思いますし、感謝しています。

その後、絵本の単行本を何冊か出すことができて、どうにか仕事が軌道に乗ってきたかな、というころに結婚しました。そして長女が産まれ、そのしばらくあとに、あの会長が紹介してくれた出版社から『わたしはあなたのこんなところが好き。』（ポプラ社）という恋愛の絵本を出しました。これがありがたいことに、シリーズで20万部ぐらい売れたんです。とりあえず経済的不安はなくなる！　と安心したんですが、旦那が働かなくなるというデメリットつきでした……。もともと旦那はミュージシャン志望で、仕事もフリーランスというか、アルバイトのようなことをしていたのですが、私の本が売れて忙しくなると、「家事と育児は任せとけ！」とばかりに、主夫に専念するようになりました。結局そのまま、長女と長男の育児がひと段落するまでの10年間、旦那は主夫をしていました。まあ、考えようによっては、そのぶん私が仕事に集中できたので、よかったと言えばよかったのですが。結局旦那は、37歳になってやっと定職につきました。つい最近、占い師にみてもらったら、「旦那さんは長男だと思いなさい」と言われてしまいました。

そのときどきに「宿題」をもらって仕事をしてきた

子どもをふたり産み終えたあたりから、絵本のほかに「暮らし系」のお仕事も増えていきました。私はこれまで、自分から「こんな本を出したい」と言ったことはほとんどないんですが、いつも編集者さんが「こんなのやりませんか」と企画を持ってきてくれます。年齢を重ねるごとにかたちを変えていく自分のライフスタイルと興味に応じて、「宿題」をもらい続けてきたような感じです。妊娠中にはマタニティダイアリー、子どもが小さいころは手作りの本、40歳をすぎたら「和もの」関係……というように。

気がつけば高校生のときから、つねに宿題とか課題をやっているような人生で、そのサイクルが自分のなかに染み付いているのですが、もし誰も「宿題」をくれなくなったら、自分で作らなきゃいけないな、と思っています。それがいちばんの不安ですね。与えられる課題があるというのは本当に幸せなことと思いますし、それにむきあっていくことが楽しいんですね。「宿題」をクリアするのにも、ずっと書き続けてきた日々のメモが役立っています。

30代をすぎて、40代をむかえるころ、体系や肌質の変化から「去年買った服が今年はもう似合わない！」という現象に拍車がかかっていきました。自分が老けていくスピードに、服の買い足しのスピードが追いつかないんですね……。最近でこそやっと慣れてきましたが、40歳前後のころはかなり戸惑い、思い悩んだものです。加えて、子どもの教育費などがかさみ、おしゃれにかけられるお金もどんどん減ってきて。この状態を私は「ファッションクライシス」（おしゃれの危機）と呼んでいるのですが、そんな折、編集者さんから「40代女性のためのスタイルブックをやりませんか」というお話をいただきました。そうしてできたのが『40歳からの「似合う」が見つかる大人の着こなしレッスン』（ＰＨＰ研究所）という本です。その後も、大人のおしゃれに関連した本を数冊出させていただきました。

『すてきなあなたに』に「ワイシャツのエリ」というエッセイがあります。若い人が着るものだと決めてかかっていた白いシャツを思いきって着てみたら、その清潔感がかえって首のまわりのおとろえを緩和してくれて、颯爽と着こなすことができた、という話なのですが、これにはグッときました。まさに最近私が思っていることでした。

年齢に応じて、必要にせまられてやっていたことが本になっていったという、ありがたい人生を送らせていただいている、と思います。陶芸家・河井寛次郎さんの「暮しが仕事、仕事が暮し」という名言を噛みしめる日々です。2015年に『実家ズッキリ化』(幻冬舎)という、「親が元気なうちに老い支度を手伝いましょう」という本を出させていただきました。この先はきっと、介護だったり、更年期、病気、終の住処などのテーマに移っていくのでしょうね。ファッションにしても、50代、60代になったらこんどは一周して、もっと〝攻めた〟おしゃれをしたくなるかもしれないし、これからどんな「宿題」が出されるのかと、楽しみです。

子は親の思うように育たない
かわいさあまって……先まわりの心配ばかり！

私には、高校2年生になる娘と、小学校6年生になる息子がいます。かけがえのない存在です。しかし……、教育費のこと、勉強のこと、将来のこと。本当に悩みはつきません。『すてきなあなたに』の世界のような、優雅な日々をすごしたいのはやまやまなんですが、現実はそうもいきません。〝週7〟で休みなく遊んでばかりいる息子と、将来のビジョンより目の前の楽しいことに夢中の娘への心配や怒りのほうが勝るという日常です（笑）。もちろんかわいいのは大前提なんですけれど、私が子どもの気持ちを待てずに先まわりをして心配ばかりしてしまいます。

自分自身が早くに好きなものを見つけて、それにむかってまっすぐ生きてきたので、ついつい子どもたちにも、まっすぐむきあえるものを見つけてほしいなぁと思ってしまいます。

娘は高校で「ファッション部」という、洋服を作って発表する部活に入っているのですが、ついつい私がミシンを踏んで手伝ったりして。このあいだも、娘といっしょに付け襟を作ったんです。今は、ハンドメイドマーケットのサイトも充実しているし、私が高校生のころだったら、ぜったい「100種類作ってやる！」となったんですけれど、娘はひとつふたつ作ったらもう飽きてしまって。好きなことやりたいことがたくさんありすぎて、いろんなことに興味が散るようです。今しかない、高校生という時期になにかひとつ、「私はこれをやったんだ」というものを持っていたら、この先の人生で、ぜったいに財産になるのになぁ……という思いでアドバイスしてるんですけれど。やっぱり、会長がおっしゃっていたように「自分の手のひらと足の裏で感じたもの」って大切なんですよね。まあ、本人にそういうタイミングがくるまで、気長に待つしかないですね。待つことの苦手な私には大きな試練です。

もちろん、楽しいことも、教えられることもいっぱいあります。息子は手先を動かすことが好きな「ちまちま系」で、私似。今、彼のなかではアラレちゃんブームみたいで、『Dr.スランプ』を全巻読んで、鳥山明先生の絵を真似て描いたりしています。今の子はパソコンでどんな時代の映像でも観られるから、時代がごった煮なんですね。『バクマン。』と『Dr.スランプ』を交互に読んでいる、みたいな。もっと小さいころは旦那の影響で、『ゲゲゲの鬼太郎』や『がんばれ!!ロボコン』や『タイムボカン』を観ていました。今の時代、70~80年代のああいったレトロなテイストが、逆に新しいのかもしれないですね。

娘は高円寺や中野の古着屋とか、ちょっとエッジの効いた80年代のものを取り入れたファッションが好きなようです。なつかしくていっしょに高円寺の古着屋に行ってみたら、私が若いころに大流行していた「PINK HOUSE」の古着が売っていて驚きました。今の若い子にとっては、これがイケてるんだ……とびっくり。昔、ビートたけしさんが着ていたような、80'sの幾何学模様の派手なセーターをほしがって買ったりしますよ。面白いものです。自分のこだわりのファッションをSNSで発信して、共感してくれる人とつながっていける世代なので、そこはすごいなぁと見ています。子どもたちといっしょにいると、「そうくるか!」という新しい発見がいっぱいあります。

小さな達成感を積み重ねていく喜び
娘のお弁当作りが今の私の癒し

最近、私のマイブームは「お弁当作り」です。娘が高校に上がってから、毎日お弁当を持たせているんですが、これが凝り出したらすごく楽しいんですよ。ボロ市でわっぱのお弁当箱を買ってきて、四季折々のおかずを詰めた和風のお弁当を目指しているんですが、最近、「紫と黄緑の差し色を入れると一気に見た目がおしゃれになる」という発見ができたことがうれしかったです。おかずって、どうしても茶色中心じゃないですか。そこへサツマイモと枝豆を入れるだけでグッと彩度が上がるんですよ。だから、スーパーにいったら、気づけば紫の食材を探しています。出来上がったものをインスタグラムにアップするのがまた楽しい。娘も毎日喜んで食べてくれています。

日々、いろいろ悩みや心配はつきないですけれど、毎朝お弁当がひとつ完成することに、すごく自分が癒されていることに気づいたんです。仕事のうえで与えられた

「宿題」とは別の、日々の小さな達成感に、自分はこんなにも癒されていたんだなと。怒ってばかりでつらいけれど、娘と大ゲンカした翌朝も「これだけはちゃんとやってるじゃん」と思える。「私、なにもできていないんじゃないかな」という漠然とした不安も、ふわふわ流されているような寄る辺のない日々も、「これだけはきちんと完成させることができた」というなにかがひとつあるだけで、着実な「積み重ね」に変わる。SNSにアップすることもまた、その喜びを倍増させてくれます。

少し前まではお弁当作りを「労働」としてやっていて、「冷凍ものを詰めればいいや」という感じでした。そのころは今感じている「癒やし」はなかったかもしれない。でも、すてきなお弁当箱を買ってきて、おかずの盛りつけの彩りや、季節感にこだわるようになったら「楽しみ」に変わった。それがいちばん大きかったかもしれないです。お弁当作りも、日々のメモみたいなものだと思うんですよね。そこでまた「気づき」が増えるきっかけになるのかな、と思います。

みんなのなかに自分がいて自分のなかにみんながいる

私は、エミリー・ディキンソンが大好きです。彼女の詩は、外の広い世界ではなく、身のまわりの小さな世界を洞察したものですが、その世界は本当に深くて豊かで。彼女は、生活のなかから見つかるもので自分自身を満たすことがすごく上手な人でした。家のなかという、小さな世界だからこそ見つけられるもの、できることって、たくさんあるんだなと感じます。そういうものを見逃さないで大事にしたいなと、彼女の詩を読むたびにあらためて思います。

現実の暮らしはうまくいかなくて、先まわりの悩みばかりが頭をもたげますが、だからこそ、「日々のささいなこと」や「小さな達成感」に目をむけることが大切なのだと思います。大阪の原っぱで、めずらしい雑草を探していた子どものころの気持ちを大切に、「自分が見ている小さな世界のなかで、どれだけたくさんのことを見つけられるか」ということを、これからも追求していきたいと思っています。その、砂場に貝殻を探すような感性を磨いていくためには、やっぱり、ひとりになる時間、自分とむきあう時間も大切だなと感じています。

私は高校生ぐらいのころから、メモをとることをずっと続けていて、家には膨大な量の「メモ集」という名のスケッチブックがあります。もう、なんでもメモするんですけれど、「気持ち編」「生活編」「宿題編」とか、いろいろなカテゴリーがあります。ふとしたときに心がしゃべったことを、そのまま書いておくんです。あとから見返したら、なぜそのときそう思ったのかわからないこともあるのだけれど、今の自分と重なることもあって、別の角度からとらえてみると、なんだかグッときたりして。それをずっと、絵本やエッセイなどの作品にしてきました。

年齢によってメモの内容もずいぶん変わりました。20代の、恋愛とか、「なぜ生きるんだろう」みたいなことばかり考えていたころは、それはもう、あとからあとから湧き出てくるんです、言葉が。今は言葉の量もだいぶ減って、内容も旦那と子どもの愚痴とか、将来の不安が多いです(笑)。やっぱり「言葉がほとばしる」という感覚は、20代前半で終わったなと思いますね。テーマによって感じられるタイムリミットがあるのかもしれません。

とはいえ、若いころに書いていたメモは、こっ恥ずかしくて正視できないという側面もあります。結局、あのころって、遠い未来や上をむいて感じたことを表現していたんだと思います。やはり年齢を重ねてくると、目の前にあるものを見て、自分の肌で感じた、実際に体験したものじゃないと消化されないし、それが楽しいんですね。それが「暮らすこと」であり、「生きること」なんだな、ということを実感しています。「メモ」という行為は、自分とむきあう作業でもあると思います。少しあとから読んでみても、だいぶ年月がたってから読み返してみても、それぞれの気づきがあって、その「気づき」のピースがつながっていって、最後に「自分の人生」としてひとつの絵が出来上がることを楽しみに、日々を生きています。そんな願いを込めて、私は自分の会社の社名を「dot to dot」と名づけました。日々の積み重ねの「点と点」であり、人と人の「点と点」でもあります。みんなのなかに自分がいて、自分のなかにみんながいる。自分自身はひとつの小さな点だけれど、みんなとつながれば、それが線になる。その線があるからこそ、私はお仕事をいただけて、生きていられるのだな、といつも思っています。『すてきなあなたに』というタイトルも、この発想に近いものがあるのではないかと思います。

70歳になったとき「かわいいおばあちゃん」と呼ばれたい

40代も半ばにさしかかって、そろそろ老後のことなんかも考えなくては……という今日このごろですが、自分が60歳、70歳になったときのことを想像したりすると、ずっと若い人とつながっていられたらいいな、と思います。年をとっても、20代の人が集まってきてくれるようななにかをしたり、そういう場を作れる人にとてもあこがれますし、なれるようにがんばろうと思っています。

以前、ペーパークラフト作家のエキグチクニオさんという方が主宰する「和の手仕事教室」みたいなワークショップに通っていた時期がありました。月に1回、ご自宅で手仕事を教えてくださっていたんですが、残念ながら亡くなってしまわれました。毎月、そこにいくのが本当に楽しみでした。当時、エキグチ先生は80歳を超えておられたのですが、気持ちがすごく若くて、かわいらしくて、今でもあこがれの存在です。ちょっと茶目っ気があって、たまに毒づいたりもして。おもちゃメーカーの会長とならんで、私に大きな影響を与えてくださった方です。自分も将来、エキグチ先生のようになれるよう精進します。若い人から「かわいい」と言われる人になりたいですね。

子どものころから郷土玩具を集めるのが好きで、大学生のころは全国の民芸品を探し歩いたりしていました。それがしだいに「手仕事」へのあこがれにつながっていきました。とくに、伝統工芸に遊び心をプラスした表現をしている方が好きで、柚木沙弥郎さんの染め物や、宮脇綾子さんのアップリケにすごくあこがれます。

自分も探求し続けている、こうした「和」や「手仕事」の世界を、将来若い人たちにつないでいきたいという思いがあります。母の世代でぷっつり切れたものを再発掘するような仕事にも興味があります。たとえば、私が子どものころは、お正月のおせち料理は、母でなく祖父が作っていました。ちょうど私の母ぐらいの世代って、高度経済成長の合理主義がどんどん進んでいった時期で、「合理的に、省力化していきましょう」という世代だったと思うんですね。だからこそ、自分が子どもを持った今、ちゃんと毎年おせちを作ろうと決めています。今では母と私、弟の奥さん、子どもたちみんなで作るようになりました。

それから、雛祭りも、昔実家でやっていたのは「七段飾りの前で家族写真を撮る」みたいなステータスだけが目的だったような気がします。そういうものじゃなくて、お年寄りのご夫婦ふたりしかいない家に、小さなお雛様を飾っているところなんかを目にすると、すごくうれしくなって、癒されます。「こういう小さなものでいいじゃない」と。私も、変に形式にこだわらずに、自分のできる範囲で続けていきたいものがいっぱいあります。伝統的な四季の飾りなどにもすごく興味があるのですが、それをさらに「自分流にアレンジしてもいいじゃないか」と思っています。「いいと思うものはぜんぶ取り入れよう」の精神で、自宅には全国津々浦々の民芸品を飾っています。作法やタブーに縛られず、自由に、というのがモットーです。

和の手仕事って、すごくかわいいものが多くて、集めだしたらきりがないんです。探せば探すほど、「全国にはこんなにかわいい手仕事の品があるんだ」と気づいて。なかでも、京都の餅花には感激しました。こういうものって、とても素朴で、「自分にもできそう」と思えるところがいいんです。私の絵もそうなんですが、「できそう」であることって大切で、だからこそ広がっていく気がします。

以前、七夕の季節に、あるおばあさんのところに取材にいったら、塩袋を雀の折り方で折ってお赤飯に添えていたんですよ。小指に食紅をつけてちょんちょんと、目を描いたりして。「こういう暮らしがあるんだ」と、すごくあこがれました。それが日常であるところにまた、グッとくるんですよ。神事を司る人じゃなく、職人でもなく、おしゃれでやっているわけでもないんだけれど、普通の人が普通の暮らしのなかでやっているということに感激します。そういうことって、全国にいっぱいあるんだと思うんですよ。でも、そのおばあさんたちが亡くなってしまうと、そういう文化も消えていくのだと考えると、胸が詰まります。今私は、手仕事

のワークショップなどもやらせていただいていますが、こういった「普通の暮らしのなかにある手仕事」を少しでも多く知りたいし、発信していきたいな、と思います。

自分の身のまわりの小さなことに目をむけるのはもちろん大切ですが、やっぱりこういった全国の手仕事のように、自分の知らない世界をたくさん見てみたいという気持ちは、まだまだあります。今は、子どもたちの教育費などで経済的に厳しい時期なので、あまり旅行にも行けないですが、もう少し時間が立ったら、同世代の女友だちといろんなところへ出かけて、いろんなものを見たいなと思っています。

ほりかわ・なみ　1971年、大阪府生まれ。大学卒業後、おもちゃメーカー勤務を経て、絵本作家・イラストレーター・エッセイストに。近著に『おしゃれテリトリーを広げたらトキメキがみつかりました』(KADOKAWA)、『暮らしのおくりもの』(KKベストセラーズ) などがある。
インスタグラム：horikawa_nami

8. マキ

ていねいな暮らしで
「普段」をたいせつに

著書『持たない ていねいな暮らし』や『エコな生活』で、シンプルでゆとりのあるライフスタイルを提案しているマキさんは、最近『すてきなあなたに』を読むのが楽しくなってきたと言います。

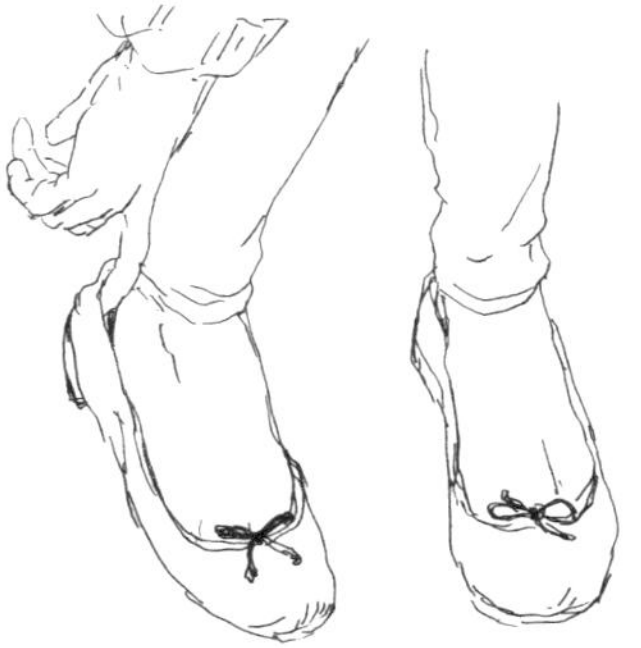

お気に入りを「少しだけ」が
ていねいな暮らしにつながる
マキ

小さなことだけれど大事なこと

『すてきなあなたに』の「さりげないおよばれ」というエッセイが大好きです。お友だちから夕ご飯のご招待を受けて用意されたのが、ししゃも、小松菜炒め、切り干し大根、かぶの味噌汁といった、シンプルで飾り気のないものなんだけれど、心がホッとするようなメニューで、しみじみとうれしかった、という内容なのですが、「おもてなしは普段の暮らしの延長にある」ということがとてもよくわかる、すてきな文章ですよね。私はいつも「普段を大事に」ということを強く心がけているので、このエッセイには本当に共感しました。

なにも、たくさんの時間と手間をかけなくたって、シンプルなおもてなしこそが、相手にとっても、自分にとっても心地よいと思うのです。「おもてなし」も普段の生活の延長。だから普段から、ちょっとおしゃれなカップを使ったり、季節のお花を飾ったり、ていねいにすごしていれば、急にお客様がみえても慌てることはない。そうした心がけひとつで、自分にとっても気分がいいし、生活の質も上がると思うんです。

『すてきなあなたに』にはそんな、小さなことだけれど、大事なことがたくさん書かれています。「コーヒーの木」というエッセイもいいですね。「いつも、おいしいコーヒーをごちそうになるお礼に」と、お友だちからコーヒーの木をいただいたという話です。場所をとらない小さな観葉植物だけど、見ていて元気が出るし、遊びにきた方との会話の糸口にもなるので、「ほんとうに、ステキなものをいただいたと思います」と締めくくられています。すごくおしゃれな話ですよね。

『すてきなあなたに』は「偉大な古典」という感じで、昔からずっと続いていて、もちろんその存在は知っていたのですが、少し上の年齢の方が読むというイメージでした。「子育てがひと段落して余裕のある世代が読む本だな」「私にはまだ早いかな」と思っていました。ところが読んでみると、「時代は進んでいても、根本的なところは変わらない」ということに大いに気づかされました。たぶん、今も変わらないのであれば、未来もベースになるところはそんなに変わらないのだろうな、と。いつの時代にあっても、ていねいに暮らすことはたいせつで、今やっていることの積み重ねというのが、すごく大事なんだなと、あらためて痛感しました。

それから、大橋鎮子さんの生き方がとてもすてきだと思いました。随所から大橋さんはすごくお仕事が好きなんだな、というのが伝わってきて、あらゆる働く女性へのエールにも感じられて、ふたりの子育てをしながら働く私はとても励まされました。

「がんばりましょう」というエッセイでは、まだ女性のタクシー運転手さんがめずらしかった時代、女性運転手さんが、たまたま乗せた女性のお客様に「私も仕事をしています。お互いにがんばりましょうね」という言葉をもらったというエピソードが綴られています。「がんばって」じゃなくて「いっしょに、がんばりましょう」というのがすごくうれしかった、と。この話を聞いた大橋さんもうれしかったのだろうな、というのが文章から伝わってきます。私は今、自分の著書『持たない ていねいな暮らし』(すばる舎)などを通じて、子どもを産んでも仕事を辞めずに働く女性を増やすための働きかけをしようと考えているところなので、こういう「声がけ」って大事だと思うし、すごくすてきだなと思います。

「ものづくり」が原点
人と人をつなぐ企業広告の仕事

私の実家は栃木の農家で、子どものころから新鮮で美味しい野菜を食べていました。食卓に並ぶのは母の手作りのご飯、というのが当たり前で、コンビニ弁当は思春期になるまで食べたことがありませんでした。そのおかげか、大きな病気もせずにすくすく育ちました。

実家は兼業農家で、両親は農業と併行して縫製工場で働いていたので、家のなかにも業務用のミシンが2台ありました。私が中学生ぐらいまでは、よく母に自分がほしい服が載っている雑誌のグラビアを見せて「これに近い服を作って」とか、「このブラウスの襟をこういう風に変えてほしい」とお願いしていました。そんな風に「手作り」が身のまわりに当たり前にあった環境は、今の自分に大きく影響していると思います。ない物は自分で作ればいいし、そのほうが思いどおりのデザインになる、というような考えのベースは、このころからあったような気がします。

小学生のときからインテリアが好きで、本や雑誌に載っているすてきな部屋を参考にして、自分の部屋の家具にペンキを塗ってみたり、布だけ買ってきてクッションカバーを作ったりしてカスタマイズしていました。そういうことを、ごく自然にやっていましたね。昔から「手を使ってなにかをする」ということが好きでした。

大学のサークルでは、ハンドメイドの物をフリーマーケットで売ったりする活動をしていました。ショップを見てまわって「かわいいな」と思ったアクセサリーを、手芸屋さんで材料を買って作って再現してみたり、なんということはないシンプルなトートバッグにワッペンやレースをつけて売っていました。やっぱり適当に作った物は売れなくて、自分が本当に「いいな」と思った物はよく売れたというのを、おぼえています。今の仕事にもつながる「自分が『いいな』と思ったものを作ったほうが反応がある」という原理はそこで学んだように思います。

とにかく「ものづくり」が好きで、有形か無形かはわからないけれど、将来は、なにかを「作る」仕事がしたいと思っていました。そんななか、就職活動のアドバイザーさんに「あなたの感性は広告業界にむいていると思う」と言われたことがきっかけで広告業界を志し、求人広告の代理店に入社しました。というのも、私は就職活動自体が楽しかったんです。大学生って、「就職活動」という大義名分で、ジャンルを問わずいろんな企業を見にいけるじゃないですか。そんな機会って、人生のなかでめったにないことだと思うんですよね。その体験がすごく面白くて、求人広告の会社で働けば、いろんな業界の人に会いにいけて、話が聞けるんだということに気づいたんです。勉強しながら、自分の興味のおもむくままに仕事をし、さらにお給料をもらえるなんて！　という、ちょっと不純な動機だったかもしれません。結婚して2児を出産したあとも、ずっと新卒で入社したときと同じ上司の下で働いています。

私の仕事は、企業と大学生のマッチングをすることです。企業に取材をしてメリットを引き出し、学生が「こんな会社で働いてみたい」と思うような原稿を書くという作業です。その積み重ねが今、ライフスタイル関係の著書を出すときにとても役立っています。「読者に響くネタを原稿に落とし込む」という練習を、仕事を通じてずっとしてきましたので。

今でこそ「シンプルでていねいな暮らし」を提案させていただいている私ですが、

新入社員で営業をやっていたころは忙殺されて、コンビニ飯で済ますような生活だったんですよ。毎日遅くまで残業して、パソコンで企画書を作りながら、右手にマウス、左手にコンビニおにぎりを持って、パクついて。とりあえず空腹が満たされればいい、味なんてどうでもいい……という荒んだ生活でした。でも、そういう経験をしたからこそ、「これじゃダメだ！」と気づけたのかもしれません。あのころがあったからこそ、「やっぱり味わいながら美味しい物を食べたいな」と考えるようになりました。

次女出産をきっかけにたどりついたシンプルライフ

本格的に今のライフスタイルを志したのは、次女を出産するころでした。妊娠中、仕事を休んで暇だったというのも大きいかもしれませんが、「これ、要らないな」「無駄だな」とか、いろいろ目についてくるんですね。それと、巣作りの本能というか、赤ちゃんをむかえるにあたって家をきれいにしておかなければ、という気持ちが芽生えて。赤ちゃんが産まれてきてしまえば、忙しくて掃除にたくさんの時間をかけられない。どうやったら清潔に保てるかを考えたり、掃除機や雑巾がけの動線を妨げないレイアウトを目指したり、というようなところからはじめていきました。

昔はミニ観葉植物が好きで、こまごました物をたくさん置いてあったのですが、すぐに埃がたまったりして不衛生でした。20代のころは買い物をするとき、ただ「かわいい」というだけの理由で衝動買いをしていましたが、物を捨てはじめてからは「本当に必要なのか」「きちんと管理していけるのか」ということを第一に考えるようになりました。その結果、こまごました物はぜんぶ捨てて、いちばん大きくてお気に入りの観葉植物をリビングに1個だけ残すことにしました。私にとって確実に管理できる数が1個だから、という理由です。

長女の子育てのときの反省点も大きかったです。長女が小さいころは、やっぱり初めてなので勝手がわからず、どうしても、あたふたしてしまいました。だから次女のときは、自分なりに「今度はどうしたらうまくいくだろう」と考えるようになって。一度経験しているから、「今は夜泣きがひどいけれど、永遠に続くわけじゃない」とか、「そろそろハイハイがはじまるから床に物を置かないほうが安全」という風に、タイムラインが見とおせるようになったんです。そうすると、その都度必要な物、不必要な物が見えてきました。

とはいえ、完全に理想のスタイルが実現するまでには、2年ぐらいの時間がかかりました。私自身が迷いながら段階を踏んで物を捨てていったので、著書やブログでも、読者の方に「捨てたほうがいいです」と言うのではなくて、「捨てた先に、こんな生活、こんな未来が待っていますよ」「こういう暮らし方がありますよ」と、なげかけることを心がけています。

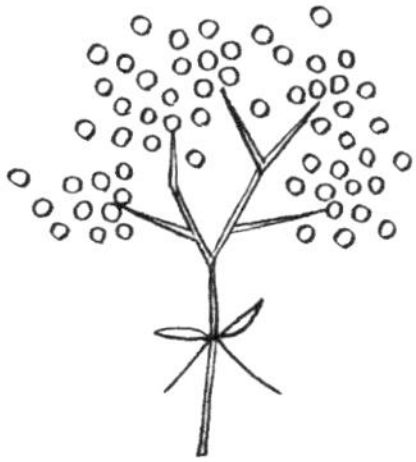

たとえば洗面所。当初私も、何年も使っていないアイシャドウとかチークとかネイルとか、たくさん持っていました。腐る物でもないし、スペースもたいしてとらないし、とっておいてもいいかな、とも思ったんです。でも、

今使わない物はこの先も使わない可能性が高いと思い、それらを潔く捨てたことによって、収納ボックスがまるごと1個いらなくなって、迷わなくなりました。あれもこれもあるから生じる「迷う時間」が無駄だなと思うようになり、自分に似合う色が1色あればいいという考え方に変わりました。もうこれからは迷わないでいい、無駄な時間をかけないでいいという、楽な状態の自分を思い浮かべたら、躊躇なく捨てられるようになった気がします。やっぱり誰しも、腑に落ちて、自分の気持ちが動かないと行動に移せないと思うんですね。

物の数は、自分が管理できる点数まで減らすというのが重要なポイントです。忙しい人ほど物を持たないほうがいい。時間にゆとりがある人は、いっぱい持っていても管理できると思うんですが、忙しい人であればあるほど、探す時間、選ぶ時間を極力省いて、そのぶんほかのやりたいことに時間を使ったほうがいいですものね。

私にとっていちばんたいせつなのは、家族とすごす時間です。だから、仕事と家事と子育てをしながら、どうやって家族といっしょに楽しむ時間を増やすか、ということを第一に考えて、「じゃあ、どうやったら家事が効率化できるか」「時短になるか」

という試行錯誤から、今のスタイルが形成されていきました。これには仕事の経験も大いに役立ちました。広告の仕事は、膨大な雑務をいかにうまく、早く処理していくか、ということが要です。『効率的』って、こんなにも気持ちがいいんだな」という実感が、職場ですでにあったので、それを家庭に応用した部分も大きいです。

生活がシンプルで効率的になると、イライラがなくなります。やっぱり家庭って、ママが幸せじゃないとうまくまわらないと思うんですね。ママがイライラして怒っているよりは、笑顔でいる家庭のほうがぜったい良いですものね。うちにはロボット掃除機も食洗機もありませんが、掃除も洗い物もだいたい5分で終わります。なぜなら、物が少ないから。食事はワンプレートに彩りよく盛りつければ、お皿の枚数も少なくてすむので、食後に短時間でパパッと洗って拭いておしまい。なんでも工夫次第で解決できると思っています。物が少ないときれいに保ちやすいし、一度きれいにリセットするとそれが普通になって、それ以上散らかりにくい気がします。1回ちょっとがんばって、物を減らしてみたら、暮らしがうまくまわるようになりました。

子どもたちと四季を楽しむ——
この暮らしだから実現できた「ゆとり」

この暮らしをしていちばん良かったと思うことは、「ゆとり」ができたということです。時間的なゆとりが、心のゆとりを生むという、ポジティブな連鎖が生まれている気がします。ゆとりができたら、子どもたちといっしょに季節を楽しめるようになりました。『すてきなあなたに』でもたいせつにされている「四季を愛でる心」というのは、日本人の素晴らしい美徳だと思います。長女が小さかったころは、四季のイベントといえば、ハロウィンとかクリスマスとか、アメリカナイズされたものになりがちだったんですけれど、こういう暮らしをするようになってからは、「たんぽぽが咲いてきたね」とか「今日はお月見だね」なんていう話をするようになったし、昭和の日本の暮らしの良さみたいなものにも気づけた気がします。

それから、家族がとても健康になりました。時間のゆとりができたので、子どもたちの食べる物にも気を配ることができるようになりました。長女のときは余裕がなくて、出来合いのお惣菜を買ったり、麻婆豆腐の素を買ってきてお豆腐と和えるだけとか、そういうことで時短をしていたんですけれど、今はそういう物を買わずに、極力添加物を使わないように心がけたり、しょうゆ・みりん・味噌・お酢などの基本の調味料の購入に絞り、あとは自分で工夫して料理を作り続けていたら、時間はかかりましたが、体が変わってきたように思います。

我が家では自家製シロップが定番で、夏には梅シロップを水やサイダーで割って、冬には花梨シロップをお湯で割って子どもたちに飲ませています。梅って、エナジードリンクと同じぐらいの効果があると思っているんです。そのおかげか、夏は夏バテ知らず、冬は風邪をひかずで、家族全員健康にすごせています。やっぱり「季節ごとに旬の物を摂る」という昔の人の知恵は理にかなっていて、実際身体に良いんですね。この暮らしになって、四季を意識して食べることを楽しむようになってから、「昔の日本人ってスゴい！」と感心することしきりです。

それからやはり、食育って本当に大事なんだと思うようになりました。当たり前ですが、子どもは母親が選んだ物しか口にできません。母親がジャンクフードを買い与えて食べさせるのか、安心な野菜を買って調理して食べさせるのかで、子どもの人生って大きく変わるだろうなと思うんですね。「私がしっかりしなきゃ、この家庭はダメになるんだ」という責任を強く感じました。それに、娘たちにそういうことを教えていくことで、将来娘たちが持つ新しい家族の健康も約束されるわけですから、一石二鳥にも三鳥にもなりますよね。

今の子どもたちって、きな粉が大豆からできていることを知らない子が多いと思うんですよ。「スーパーで売っているベージュの粉」みたいな認識で。「きな粉って、納豆と同じ大豆からできているんだよ」ということを子どもたちに教えてあげるのがとてもたいせつだと思うんですね。だから、大豆を買ってきて轢いて、作る課程を見せて教える。娘たちに食べさせたら、お砂糖も入れていないのに「すごく甘くて美味しい」と喜んでいました。うちでは子どもたちもいっしょになって、自家製のお味噌を作るし、うどんも捏ねます。茹でた大豆や、うどんの生地をビニールに入れたものを子どもたちが足で「踏み踏み」する「お手伝い」を、楽しみながらやってくれています。

子どもたちを私の実家に連れて帰るのも、食育にはいい機会です。おじいちゃんのトラクターに乗せてもらって畑を耕したり、一面の野菜畑で収穫のお手伝いをしたり。「オクラって逆さまに実るんだよ」とか「スイカって野菜なんだよ」とか、たくさん学ぶことがあります。田舎で作っている採れたてのミニトマトなんかは、ぜんぜん味が違って、本当に甘くて美味しくて、子どもたちも喜んで食べています。トマトが嫌いな子どもが最近多いですけれど、たいていが「酸っぱい」という理由なんですね。良い土で育った新鮮な野菜は、なんでも甘いです。そういった「本当に美味しい物」の味を、小さいころから舌でおぼえるというのは、たいせつなことだと思います。

私自身も、栃木の実家で母が「秋には渋柿をむいて干していた」「冬になったら、むいた柿の皮を大根といっしょに漬けて沢庵を作っていた」というような子どものころの記憶があって今の暮らしにつながっているので、私の子どもたちにも、大きくなってから「大豆を踏まされて味噌を作っていたな」とか「うどんを捏ねてたな」「じゃがいも掘りをしてたな」なんて、思い出してもらえるといいなと思っています。「ハロウィンで仮装した」とか、「テーマパーク

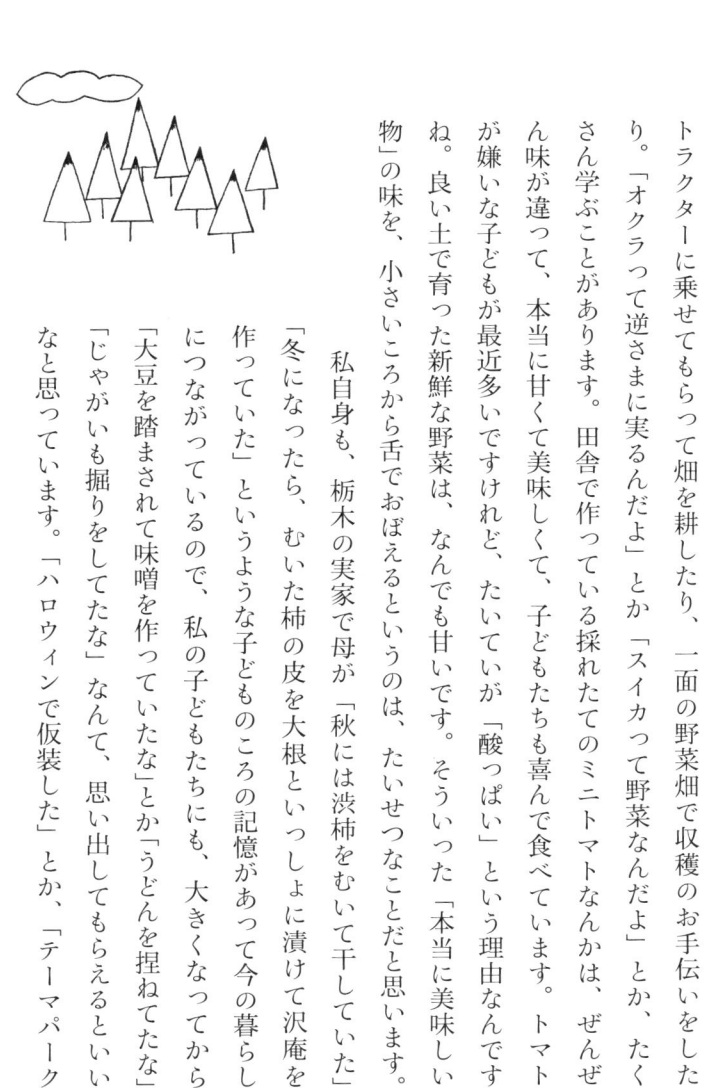

でカウントダウンをした」という記憶じゃなくて、その季節がくるたびに毎年思い出すような、彼女たちがやがて母親になったときに役に立つような、そういう思い出を残してあげたいな、と。

やっぱり、自分が子どものころに知らず知らずのうちに受けてきた影響って大きいんですね。私が母からそうしてもらったように、私も子どもたちに伝えたいことがたくさんあります。そんなことも、ていねいな暮らしをするようになって見つけた宝物です。

子どもたちにも
家事に参加してもらう

子どもたちには、なるべく自分のことは自分でできるように、「おもちゃを片づけるまでを含めて〝遊び〟」という風にしています。もちろん子どもなので、やらないときもありますが、「絶対やらせなきゃいけない」と思わないことと、「面白い」と思って取り組んでもらえるように工夫をすることを心がけています。

『すてきなあなたに』の「働くことはよいことだ」というエッセイにも、すごく共感しました。開拓時代のカナダのことを書いた本にまつわる話です。開拓時代のカナダでは「ホームメイド」といって、家を建てることにはじまり、干し草を作ったり、とうもろこしの皮をむいたり、メイプルシュガーを作ったりと、子どもたちもいっしょになって働き、日々の暮らしをいっしょに楽しんだそうです。カナダの「ホームメイド」は百何十年も前の話なんですが、子どもにお手伝いをさせることを「強制」ではなくて、「いっしょに楽しむ」というスタンスでやっているところがすてき。今でも参考になるところがたくさんあります。まさに私が、自分の子どもたちといっしょにやりたいと思っているのが、こういうことです。

子どもってやっぱり、基本的に楽しいことしかしないんですよね。自分が嫌なことは、いくら母親が口うるさく言ってもやらないんですけれど、「面白そう」「やってみたい」と思ったことにはどんどん食いついてきて、自分からやろうとするんですね。

だから、お片づけにしても味噌作りにしても、「今ママがなにをしているのか」をまずは見せて、むこうが興味を持つのを気長に待つということを心がけています。下の子はまだ3歳なので、「あ、あそこになにか落ちてるね」「じゃあ、この箱に入れてみようか」という感じで誘うと、遊び感覚でやってくれるんですが、上の子はもう小学生なので、やり方を変えて、ちょっとおだてながらお願いしたりして。「あまり期待しない」というのもポイントですね。「やってもらえたらラッキー」ぐらいに考えておくのがいちばんだと思います。そのかわり、自分の背中は見せておく。ママが一生懸命やっている姿を見せることが大事だと思っています。

働くママを増やしたい
「ちょっと先の未来」を考えて

エッセイ「がんばりましょう」を読んで、大橋鎮子さんから働く女性たちへのエールを感じて励まされたとお話ししましたが、最近私も、自分と同じ立場の「働くママ」を応援したいという気持ちがどんどん強くなってきました。応援……というのもおこがましいのですが、「同じ仲間が増えたらいいな」という気持ちです。

広告代理店での仕事やママ友との会話を通じて、昨今、せっかくキャリアを積んだのに出産を機に会社を辞めてしまって後悔している女性がすごく多くて、再就職するにしても、ものすごく狭き門であることに気づきました。この流れをどうにか阻止したいなと思ったんです。そのためには、女性が新卒で入社するときに、「この会社で働き続けたい」と思わせる企業環境でなくてはいけないんだと思いいたりました。

やはり職場に実際「働くママ」がいて、「将来私もああいう風になりたい」と思わせてくれるロールモデルがいないと、結局辞めざるをえないと思うんですね。だから、女子学生には就職活動のうちから、将来、結婚・出産を経たあとも働きたいと思える企業を選ぶという視点を持ってもらいたいし、企業側も、女性にずっと働き続けたいと思ってもらえるシステムを作らないといけない。これからは女性が就職活動をするときに「どんな企業で働くか」と同時に「どんな風に働きたいか」についても考えてもらい、広い選択肢のなかから自由に選べる環境づくりが必要だと思っています。

現在私は、企業の新卒採用のお手伝いをしているのですが、女子学生からは「産休制度があるんですか？」という質問を受けます。結婚・出産の先を見据えた仕事選びの意識が高くなってきている証拠ですね。とくに優秀な学生であればあるほど、長く働き続けたいと思うようです。だから、企業側も優秀な女性を採用したいのであれば、働くママのロールモデルがいたほうが魅力的な会社に感じてもらえるので、採用が成功する可能性が高いのです。微力ながら、私のような出産して子育てをしながら働いている女性がいるということを、なんらかのかたちで伝えることができれば、と思っています。将来、出産を考えている方や、今、産休中で、仕事復帰を考えている方の不安を少しでも払拭できるような情報を、本やブログで発信していきたいです。

今、長女の勉強を「キッズライン」というベビーシッターを運営している会社が派遣する家庭教師にみてもらっているのですが、その会社に登録しているシッターさん（家庭教師）の多くが高学歴の大学生です。女子学生にアルバイトを通じて「働くママ」の育児のお手伝いをしていることを実感してもらい、自分が将来結婚・出産を経たあとに働き続けるシミュレーションをしてほしいというのが、「キッズライン」の企業理念だそうです。私はとても感銘を受けまして、応援する気持ちもあって使わせていただいています。企業が率先して、こういう動きをしていくことはとても喜ばしいことですし、私も、なんらかのかたちで手助けをしていけたら、と思っています。

「一億総活躍社会」という目標が掲げられている昨今ですが、なかなかままならない雇用情勢や経済情勢から、現時点では目の前のことしか考えられない人も多いと思います。みんなでアイデアを出し合って、「ちょっと先の未来」のことを考えて、将来、「働くママ」が当たり前に活躍できる世の中を実現できたらすてきですね。とくに私よりも若い世代のお母さんたちに、ぜひ家庭と仕事を両立してほしいと思うので。

暮らし方って十人十色、それぞれのかたちがあるので、もちろん一概には言えませんが、私がブログや著書で提案している「時短」や「エコな暮らし」が、少しでも「家庭と仕事の両立」や「子どもたちの未来」を考えるきっかけになることができたらうれしいです。

20代、「コンビニ飯時代」の私は、「女性が活躍する社会の実現」という外向きのことにも、「家庭のなかの小さな幸せ」という内向きのことにも、どちらにも気づけていませんでした。30代に入って、理想のライフスタイルを手に入れることができ、少し余裕ができて、「季節の移り変わりの美しさ」や「日常をていねいに暮らすたいせつさ」を知ることができた今、『すてきなあなたに』を読むのがとても楽しいです。この本は「読む側の心の持ちよう」で、感じ方が変わってくる本なのではないかと思っています。若いころの私にはきっと理解できなかったのでしょうけれど、ようやく私もこの本の面白さが理解できるステージに立てたのかな、ちょっと成長できたのかなと、うれしい気持ちになっています。

マキ　1983年生まれ。シンプルライフ研究家。夫と8歳と3歳の娘の4人暮らし。広告代理店勤務のワーキングマザーでもある。ブログ「エコナセイカツ」で、「不要な物を持たず家事を効率化・時短で暮らしを整える」というライフスタイルを提案し続けている。近著に『エコな生活』（KADOKAWA）がある。

とと姉ちゃん 大橋鎮子の生涯

塩澤実信

大橋鎮子という女性は、どのような人生を送ったのか。『昭和の名編集長物語』や『創刊号に賭けた十人の編集者』などの著者が、大橋鎮子と『暮しの手帖』、『すてきなあなたに』の歴史について解説する。

一戔五厘の旗の下で

暮しの手帖社の社屋には、ボロ切れをつなぎ合わせた〝一戔五厘の旗〟が、はためいている。

大橋鎭子と『暮しの手帖』を創刊し、六十六歳で死去するまで、三十余年現役編集長をつらぬいた花森安治が考案した社旗である。

その表題は、花森の軍隊経験から、編みだされていた。東京帝国大学に学んだ彼が、赤紙一枚で召集され、星一つの二等兵時代に、「教育掛」の軍曹から

「貴様らの代わりは、一戔五厘でいくらでも集められる。軍馬はそうはいかんぞ！」

と、怒鳴られたことに起因していた。

はがき一枚が一戔五厘の時代——兵隊ははがき一枚で、いくらでも集められるという意味であった。

そうか　ぼくらは一戔五厘か／そうだったのか／〈草莽の民〉／〈陛下の赤子〉／

〈醜の御楯〉／つまりは／〈一戔五厘〉

『一戔五厘の旗』（暮しの手帖社）より

花森は、軍馬以下に見下げられた、一兵卒の虫ケラ同然の意味を知ったときの心境を、『一戔五厘の旗』で、このように書いている。

草莽《そうもう》の民だの醜《しこ》の御楯《みたて》だのは、昭和の戦前にしきりと喧伝された言葉だった。天皇を頂天と仰ぐ日本の民は、陛下のために身命を鴻毛《こうもう》の軽きにおく義務があるとされていた。

おおとり〈鴻〉の羽毛は、きわめて軽いとされ、「死は鴻毛よりも軽し」のたとえは、そこからできたもので、兵士の身命ははがき一枚の一戔五厘にすぎないという侮蔑は、戦前の狂ったその趨勢《すうせい》から生まれていた。

花森が、一戔五厘の旗を立てた暮しの手帖社は、大橋鎭子が

あの日あの時、花森安治《はなもりやすじ》さんと出会い、おしゃべりしたということは……でなかっ

たら、今の「暮しの手帖」がなかったわけです。

『「暮しの手帖」とわたし』(暮しの手帖社)より

と、自伝の冒頭に書く、偶然にして必然的な出会いからスタートしていた。

「あの日あの時」とは、敗戦直後の昭和二十年の秋だった。大橋鎮子は、戦争中から日本読書新聞に勤めていた。編集長は田所太郎で、彼は旧制の松江高等学校を経て、東京帝国大学に進み、卒業していた。

たまたま、松江高、帝大と同窓で、高校と大学の新聞編集部でも一緒だったのが、鬼瓦のような容貌の花森安治だった。

花森は、太平洋戦争下、国民の戦意を高揚した大政翼賛会実践局宣伝部に勤め、戦意を高揚する

欲しがりません勝つまでは
足らん足らんは工夫が足らん
贅沢《ぜいたく》は敵だ!

といったスローガンを国民から募り、それをプロパガンダすることに尽力していた。

だが、敗戦で職を失い、田所太郎を頼って嘱託のような身分で、日本読書新聞のカット、レイアウトなどの手伝いで生計を立てていた。

お金持ちになりたい

その花森と鎮子の出会いの機会を、作ってくれたのが田所太郎編集長だった。

日本読書新聞の復刊が成って、一息ついた初秋のある日、鎮子は折り入って田所に、一身上の相談を持ちかけた。

「私の父は長いこと肺を患って、私が小学五年、十歳のときに亡くなりました。母は、私を頭に、幼い二人の妹を抱えて、たいへん苦労してきました」

彼女は、その日までに経てきた身の上話をしたうえで、「こんどは、私が母を幸せにしなければならないが、人に使われていたのでは収入はしれている。独立して女性のために役立つ出版をして、お金持ちになりたい」旨を述べたのだった。

田所は、鎮子のひたむきな相談を受けると

「それだったら、いま編集部に来ている花森君に相談したらいい。彼は、出版にくわしいから」

と、花森安治に会うことを勧めた。

鎮子はそれまで花森とは、朝夕の挨拶を交わす程度で、顔が怖く、近寄りがたい感じだったので、個人的な話をしたことがなかった。が、田所編集長の勧めとあって、その日、編集室の片隅で

「花森さん、聞いていただきたいことがあります。田所編集長に相談しましたら、花森さんに話してみては、と言われましたので……」

と前置きして、田所に話した内容と同じことを、持ちかけたのだった。

花森は、魁偉《かいい》な容貌にそぐわないやさしい表情で鎮子の話に耳をかたむけ、琴線にふれる「君は親孝行なんだね」との言葉をかけたうえで、

「ぼくも高等学校の受験のときに、母が受かるようにと、なかなか手に入りにくかっ

た牛乳や玉子を買って来て食べさせてくれた……」

その母は高校受験の発表を待たずに、肺炎で急死してしまったと、自らの身の上を語ってくれた。

そして、やや間をおき、

「ぼくは、そんなわけで母親に孝行できなかったから、君のお母さんへの孝行を、手伝ってあげよう」

と、出版社の旗揚げを手伝う約束をしてくれたのだった。

鎮子が二十五歳、花森が三十四歳、昭和二十年十月なかばのことだった。

数日後、花森から「君に話しておきたいことがあるから……」と誘いがあり、勤め先近くの小さな喫茶店に入り、次のような話をしたと、自伝に書いている。

大橋鎮子と花森安治のそれからの〝二人三脚〟人生を知るうえで、たいへん重要な契りの場面であった。

花森さんは、

「君はどんな本を作りたいか、まだ、ぼくは知らないが、ひとつ約束してほしいことがある。それは、もう二度とこんな恐ろしい戦争をしないような世の中にしていくためのものを作りたいということだ。戦争は恐ろしい。なんでもない人たちを巻きこんで、末は死までに追い込んでしまう。戦争を反対しなくてはいけない。君はそのことがわかるか……」

続けて「君も知ってのとおり、国は軍国主義一色になり、誰もかれもが、なだれをうって戦争に突っ込んでいったのは、ひとりひとりが、自分の暮らしを大切にしなかったからだと思う。もしみんなに、あったかい家庭があったなら、戦争にならなかったと思う……」そんな意味のことを話されました。

「わかります」ときっぱり答えたら、

「よし」と言われて「なるべく早くやりはじめよう」

『「暮しの手帖」とわたし』（暮しの手帖社）より

これが、戦後を彩る雑誌を創る一言になったのである。

〝とと姉ちゃん〟誕生

結婚適齢期をややすぎた大橋鎭子が、恒産もない身で、出版を志したのは、その生い立ちにあった。

父・武雄は、東京に生まれ、北海道帝国大学の農学部を出て製麻会社に勤め、東京の女子美術学校に学んだ北海道育ちの母・久子と結ばれていた。鎭子は、大正九年三月十日、この夫妻の長女として生まれ、次女晴子、三女芳子も、父が工場長として転居した道内で生まれていた。

娘三人にめぐまれ、一家の生活はしばらくは順調だった。が、風邪を引いた武雄の回復がはかばかしくなく、肺結核と診断されて、東京へ帰らざるをえなくなった。結核は、高原か海辺の空気のきれいな場所で、栄養をつけて療養するのが最適とされた時代だった。

大正十五年四月、父は会社を辞め、大橋一家は北海道に別れを告げて、ひとまず東京は牛込の祖母の家で半年ほど暮らした後、空気のいい鎌倉へ転居した。

父を、鎌倉病院へ入院させるためだった。

小学生だった鎮子は、北海道の萱野、虻田、東京の牛込、神奈川の鎌倉と、短い期間に転校を余儀なくされた。

北海道から東京へ移った当初は、なにかを話すと北海道弁がまじり、クラスメイトに笑われ、母の手作りの服装に引け目を感じていた。勉強も遅れていたから、学校へ行くのがいやで、母親に引っぱられるようにして、登校した。

しかし、鎌倉の小学校は、牛込よりずっとのんびりしていて、明るく馴染める雰囲気だった。鎌倉へ移ってから、鎮子は学校から帰ると、入院中の父に母の手作りの料理を運ぶことになった。

病院食の足しになる父の好みのものを、毎日運ぶ務めだったが、母は出かける前に必ず
「お父さんの病院で、なにかくださっても、絶対に食べてはいけませんよ。ご病気がうつるから」

と、念をおすのだった。

結核は空気感染すると怖れられ、まして病人と同じものを食べたら、感染必至と考えられていた。

小学校二年生の鎮子にとって、母のきついこの言葉と、さらに、東京の大井に移って病人と一つ屋根の下に住むようになってから、

「お父さんのお箸をつけたものは、食べてはいけません」

の注意が、悲しい心の傷《トラウマ》として残った。

鎮子が、『暮しの手帖』を発行するようになって、料理記事に重きをおいたのは、父との悲しくも懐しい食事の思い出があり、「あのころの食事の大切さを忘れられないからです」と述懐している。

父・武雄は、長期療法の甲斐もなく、昭和五年十月一日に死去した。鎮子は小学校五年生だった。臨終には、祖母、母、鎮子、晴子、芳子が立ち会ったが、息をひきとる間ぎわ、「鎮子……」と、弱々しい声で長女の名を呼び、枕元に近づいた鎮子に、

「お父さんは、みんなが大きくなるまで、生きていたかった、でもそれがダメになってしまった。鎮子は一番大きいのだから、お母さんを助けて、晴子と芳子の面倒をみ

てあげなさい」

と、遺言を述べたのだった。

鎮子は、そのとき、父の遺命を受けとったことを、父にわかってもらいたくて、大きな声で
「ハイ、ワカリマシタ」

と、答えていた。

鎮子が、〝とと姉ちゃん〟の役割を担い、一家の柱になろうとする自覚は、この誓約の一言と、葬式で喪主を務めたことからだった。

自伝で、鎮子は次のように書いている。


十月五日に父の葬式を大井の家でいたしました。喪主は母でなく、小学五年生の私がすることになりました。母はあえて一歩退き、長女である私を前面に立てたのでした。たいへんでしたが、やりとげました。挨拶もしました。私が度胸のある人間になれたのは、小学生の頃から私を認め、立ててくれた母のおかげだと思います。

『「暮しの手帖」とわたし』（暮しの手帖社）より

『暮しの手帖』創刊

鎭子の心には、父の遺命を守ろうとする思いと、夫亡き後、指輪や着物を売って、三人の娘を女学校にまで行かせてくれた母への報恩の念が、次第につのっていった。その思いを叶えるためには、確実な収入に結びつく仕事をしなければならない。

鎭子は、第六高等女学校に学び、日本興業銀行の調査課に三年勤めた後、日本女子大学に進学したが、病気になって中退。日本読書新聞へ勤めたことから、田所編集長を通じて花森安治との邂逅となったのだった。

鎭子の出版計画に賛同してくれた花森は、「衣裳研究所」を設立し、まず、『スタイルブック』を出すことからスタートした。花森を編集長に、鎭子、晴子、芳子の三人姉妹と、横山啓一（花森の仕事仲間・後に晴子と結婚）の五人の陣容だった。

花森が『スタイルブック』の発刊を考えたのは、敗戦直後で、衣・食・住の暮らしの必需物資が極度に不足していたこと、自らが東京帝国大学文学部美学美術史学科に学び、卒論に「衣粧の美学的考察」を書いたことからだった。

その下地があって、『スタイルブック』の発刊になったのだが、花森がデザインもスタイル画も、アクセサリーの絵、型紙もひとりで書いたユニークな雑誌は、敗戦後の混乱期に、ベストセラーに駆け上っていった。

第一号は、昭和二十年五月三十一日の発行で、以降、四季ごとに刊行されていくが、類書が雨後の筍のように現われ、花森の『スタイルブック』は売れなくなった。

昭和二十三年に『スタイルブック』から『暮しの手帖』に路線が変わり、「衣粧」に食と住を加えた暮らしの雑誌が、季刊で創刊される成りゆきになった。

『暮しの手帖』は、表紙にアンチックな西洋風家具の絵、目次が四ページにわたって、同一活字でタイトルと執筆者の名前が配列されているだけの曲《くせ》のないものだった。

そのうえ、雑誌の醍醐味《だいごみ》のひとつ、他企業の広告を入れない方針だったから、地味

な表紙につづく表二には、『暮しの手帖』のマニフェスト

これは　あなたの手帖です／いろいろのことが　ここには書きつけてある／この中の　どれか　一つ二つは／すぐ今日　あなたの暮しに役立ち／せめて　どれか　もう一つ二つは／すぐには役に立たないように見えても／やがて　こころの底ふかく沈んで／いつか　あなたの暮し方を変えてしまう／そんなふうな／これは　あなたの暮しの手帖です

『「暮しの手帖」とわたし』（暮しの手帖社）より

が、掲載されていた。

花森の編集方針は、マニフェスト、四ページの目次につづく六ページからの「直線裁ちのデザイン」にストレートにあらわれていた。

装飾性より機能性を強調した、型紙なしで作れるという簡単なデザインであった。

そして、デザインは花森、裁つひとが大橋鎭子、縫うひとが中野家子、着るひとが鎭

子と、すべてお手盛りだった。

花森は、表紙を描き、企画をたて、原稿整理、レイアウト、カット、デザイン、写真の撮影となんでもこなすオールマイティ編集長だった。

執筆者メンバーは、川端康成、田宮虎彦、中原淳一、佐多稲子、小堀杏奴、森田たま、土岐善麿、戸板康二、扇谷正造……といった花森の基準による一流の偉い先生だった。原稿は七、八枚程度の衣・食・住にかかわるエッセイで、淡白なトーンにつらぬかれていた。

『暮しの手帖』が、この種の原稿で終始、誌面を構成したのは、次のような理由からだった。


この雑誌には、むつかしい議論や、もったいぶったエッセイは、のせないつもりです。(中略)この紙のすくない、だから頁数も少なくしなければならないときに、どの雑誌も、同じような記事をのせることはつまらないことだと考えたからなのです。

『暮しの手帖』第一号(暮しの手帖社)より

命がけの「商品テスト」

『暮しの手帖』は、スタートした時点から、花森安治が編集長であった。彼と異身同体的な大橋鎭子は、同社の社長で一編集者の立場。

しかし、それは経営形態のうえのことだけで、鎭子は専制独裁者・花森の下で、手きびしい叱咤を受けて働いた。

「毎日の暮らしに、少しでも役に立つ、ためになる雑誌を作るというのが至上命令でした。花森さんには、すごく厳しい教えを受けました。その厳しさは、並大抵のものではありません。松下村塾における吉田松陰のような存在でしたね」

と、鎭子は私に語ってくれているが、花森は、鎭子以下の社員に編集実務はむろんのこと、人間性、仕事に立ち向かう努力と精神を徹底的に教えこんだ。

一例をあげれば、原稿を提出すると、完膚《かんぷ》なきまでに筆を入れられた。

「その直し方はものすごいもので、最初の頃は、何々ですの『す』と、句読点の『。《マル》』、何々であったと書くと『た』と『。』だけが残る程度でした。その直した原稿を清書して出せと言うんです。ただし、いい原稿ですと、『採用』と記し、クリップに挟んで戻してくれるのですね」

色に対する教育も徹底をきわめた。

鎮子は、最初の頃、共同で始めた経緯と、資金手当をしていることから、対等の思いがあり、ことごとく反発していた。

その鎮子が、心から〝花森教〟の信奉者になったきっかけは、「色彩」にからんだ熾烈な教えからだった。

鎮子は、その一件を私に、次のように話してくれている。

「創刊から日も浅く、白黒の写真が口絵を飾っている頃でした。紅赤の布地をさがしてくるよう言われました。まだ、物資の少ない頃で、東京の心あたりを探しても見つからず、横浜までさがしに歩きました。それでも見つからないものですから、母にたのんで染物屋に染めてもらいました」

ようやく、花森に命じられた紅赤の色の布を提出すると、その布で幅のせまい座ぶとんを作らせ、籐椅子の上に小幅の紺のかすりで作った座ぶとんと並べて撮影した。

雑誌に載った写真は、当然白黒であった。モノクロの写真であるから、理屈から言えば紅赤の布でつくった座ぶとんは、赤でも青でもよかったはずだった。

それを、花森はなぜ、あれほど厳しく紅赤でなければダメだと、断固として言い張ったのか。鎮子は、その思いをこめて花森にただすと、

「そうだ。この座ぶとんは白黒写真だから、何色でも本当はいいことだ。だが、ぼくはぼくの感覚通りのものを作りたいのだ。それに、世の中はすぐカラー写真の時代になる。その時に、君たちの色の感覚が高まっていなかったらどうするのか……」

と、語気するどく、くいつくような顔で言ったという。

鎮子は、この言葉を聞いた瞬間、花森安治が特集をみて、仕事を教え、育ててくれる人だ……と翻然と悟った。

花森は、また、仕事上にミスがあったときとか、編集会議が低調なときに、怒りを爆発させた。鎮子の言葉を借りると、

「殺されそうな怒り……心臓がとまるようなそれはすごい怒り方でしたよ。私はそれでも言うことを聞かないことがあったものですから、『君くらい扱い難い人間はいな

いよ』と、また怒鳴られたものでしたが……」

といった情景が、まま、見られたようだ。

日々、戦場に臨むような覚悟で仕事に取り組んできた結果が、『暮しの手帖』を特徴づける「商品テスト」に結びついていった。

昭和二十九年十二月発行の第二十六号から登場する「商品テスト」は、広告を載せない雑誌にして、はじめて可能になった大企画であった。

鎭子は、腰をすえた取り組み方について、生前、ごくさりげなく次のように語っていた。

「メーカーの人たちが、命がけでつくった商品を、いろいろテストする以上、その企業や働く人たちの生活権にかかわることですから、花森さんは私に、命がけでやれと命じました」

誌命を賭けた大企画

暮しの手帖研究室が、「商品テスト」の検査場だった。第一回は「実際に使ってみてどうだったか――日用品のテスト報告その1　ソックス」で、各メーカーのナイロン靴下二十二種を買い集め、三カ月間あらゆる角度から比較検討して、その結果を発表していた。

以降、マッチ、鉛筆、電気アイロン、醤油、電球など、日常の暮らしに欠くことのできない商品を次々にテストし、次々に家庭電化製品へとひろげていった。

耐久的な商品テストをするためには、長いもので年余、短くても数カ月にわたるのが普通だった。

花森は、この商品テストに、『暮しの手帖』の誌命を賭けた。

鎭子は、御大のきびしい指示に従う一方で、

「ほんのちょっとしたことでも、一言声をかけるだけで、その場を和ませてくれる、ちょっとした心くばり、思いやり」

のあるオアシスのようなページを、設けることを思いたった。

『すてきなあなたに』の立案だった。『暮しの手帖』が、第二世紀（注：一〇〇号ごとに一世紀としている）第一号——通巻一〇一号からスタートするが、鎮子が、「商品テスト」と対に位置づけられるこの企画を思いたったのは、『戦争中の暮しの記録』を特集した直後だった。

満州事変から支那事変、太平洋戦争に及ぶ、十五年間をつづった庶民たちの、生命の危機にさらされ、その日の食にこと欠き、飢えに苦しんだ「怒り」と、不戦への「誓い」を込めた『戦争中の暮しの記録』は、大好評だった。

鎮子は、読者のこの大きな反響を、欣快《きんかい》に受けとめる一方で、さりげない、ささやかな、ごくふつうの日々の暮らしの一こまをつづったページを設けてみたら、というアイデアが、ひらめいたのである。

「戦争中の暮し」の非常事態の記録に対比する、平時の暮らしの中に拾う、心あたたまる一こまのスケッチであった。

鎮子は、この思いつきを花森に話してみると、あっさり「やってごらん」と賛成してくれ、編集会議に諮《はか》って賛同をえて、連載をスタートさせた。

彼女ひとりでは、考えが片よる心配もあると、中里恒子、網野菊をはじめ、増田れい子、竹内希衣子、伊藤慶子など、『暮しの手帖』の執筆者と、鎮子にシンパシーを抱く人の協力を仰ぎ、その輪もどんどん広がって、『すてきなあなたに』は、やがて単行本にまとめられ、平成二十七年にはポケット版として、『01　ポットに一つ　あなたに一つ』『02　スタインベルグの鏡』といったサブ・タイトルを付けてシリーズ化され、刊行された。

同シリーズの装幀、装画は、花森安治が描いたメルヘン・タッチの絵で彩られており、花森の魂魄《こんぱく》は、企画した鎮子と共に、ここに生きつづけていくことになった。

花森は、いま一つ、『すてきなあなたに』が単行本になったとき、宣伝にと次のような文章を書き、「私の思いをぴったり表してくれた」と、鎮子を感激させた。

『暮しの手帖』の創刊号に掲げたマニフェストに匹敵する声明である。


あなたがすてきだから、すてきなあなただから、

でなければつい見落としてしまいそうな、ささやかな、
それでいて心にしみてくる、いくつかのことが
わかっていただける、そんな頁です

『「暮しの手帖」とわたし』（暮しの手帖社）より

何か面白いことありませんか

花森安治は、昭和五十三年一月十四日、宿痾《しゅくあ》の心筋梗塞で急逝した。六十六歳だった。彼は、ほぼ、その日まで『暮しの手帖』と共にあったが、死去してもなお、その魂魄は暮しの手帖社に、とどまっている感があった。

それは、亡くなる一カ月ほど前に、三十三年間〝二人三脚〟で歩みつづけた鎮子に、次のように言っていたからである。

「ボクがもし、死ぬようなことがあっても、必ず、もどってきて、この編集室のどこ

かに宿って、みんなのことを見ていてやるから、どんなことが起こっても、自分たちの考え通りに思う存分仕事をしなさい」と。

誌上での花森時代は、第二世紀第五十二号までだった。その号には、花森が昭和四十四年、第一世紀最終の第一〇〇号に書いた感懐を、再掲載していた。

大橋鎮子の「亡くなる日までの花森さんの胸中をわかっていただくには、一番よい手だてだと思います」との考えからだった。

そこには、次のように書かれていた。

（前略）一号から百号まで、どの号も、ぼく自身も取材し、写真をとり、原稿を書き、レイアウトをやり、カットを画き、校正をしてきたこと、それが編集者としてのぼくの、なによりの生き甲斐であり、よろこびであり、誇りである、ということです。

雑誌作りというのは、どんなに大量生産時代で、情報産業時代で、コンピューター時代であろうと、所詮は〈手作り〉である、それ以外に作りようがないということ、ぼくはそうおもっています。

だから、編集者は、もっとも正しい意味で〈職人《アルチザン》〉的な才能を要求される、そうもおもっています。

ぼくは、死ぬ瞬間まで〈編集者〉でありたい、とねがっています。その瞬間まで、取材し写真をとり原稿を書き校正のペンで指を赤く汚している、現役の編集者でありたいのです。

（後略）


『「暮しの手帖」とわたし』（暮しの手帖社）より

花森は、この原稿を書いたそれからの八年間を、この願い通りに生きたのである。

いや、死去後も、大橋鎮子に託したと考えられ、基本姿勢は不易のまま、『暮しの手帖』の誌面は時の流れに沿って緩慢に変わっていっている。

鎮子は、そのあたりを第三世紀に入る直前、次のように披瀝していた。

〈毎日、毎日の暮しに、少しでも役に立つ雑誌を作ってゆきたい〉という考えは、少しも変らずに、そして、そのなかで、少しずつ変ってゆく、そんなふうな雑誌にしてゆきたいと願っています。（中略）からだが丈夫、ということは、人間の最大の幸せです。この幸せを守るために、私共は〈からだ、健康〉のことも、商品テストに劣らぬ力を入れて参りました。（中略）それから、だれもが直面しなければならない老人の問題にも、とりくんでゆきたいと考えています。（中略）赤ちゃんとお子さんの問題も、これからのテーマとして、とりあげて、暮しの手帖らしいお手伝いをしてゆきたいのです。

『暮しの手帖』第二世紀第一〇〇号（暮しの手帖社）より

編集長の花森が急逝した後、長い間、このポストは空いたままだった。編集会議は合議制になり、奥付は「編集及び発行大橋鎮子」の時代がつづいた。

編集長に公募第一号として入社した宮岸毅が就いたのは、平成四年で花森の死去十四年後であった。そして、鎮子が社主に就き、妹・芳子の長男の妻・横山泰子に社長をバトンタッチ。

さらに外部から松浦弥太郎（当時四十歳）を招いて、新編集長に据えたのは、平成十八年十月だった。

このあわただしい動きは、花森天下の全盛期、百万部近かった『暮しの手帖』の発行部数が、読者の高齢化に伴い逓減《ていげん》し、五分の一に落ちてしまったことにあった。

社長に就任した横山泰子は、この会社を守ることと、広告無掲載のまま『暮しの手帖』を出しつづけることを、内外に誓った。

発行部数が二十万部前後になっては、一つの商品に、短くて三カ月、長ければ年余もかけて取り組む「商品テスト」の持続もむずかしくなる。

外部から招いた松浦編集長時代に入って、「商品テスト」が、レギュラー企画から撤退を余儀なくされたのも、諸般の事情からだったのだろう。

〝圏外編集者〟松浦は、高校を中退して渡米し、道端で雑誌を売ることから仕事を始め、トラックを改造した「移動本屋」を発案するなど、意表を突いたその行動力から、期待を持たれたのである。

もともと、暮しの手帖社は、〃とと姉ちゃん〃大橋鎮子を柱にした母・久子、妹の晴子、芳子一家のファミリー出版社であった。

そこへ、花森安治が編集長として加わったことから、日本出版史に類例をみない、真摯な生活感覚に裏打ちされた独創的雑誌の創刊となり、発展を遂げたのである。

鎮子は、その核《コア》となって、昭和から平成時代に入って四半世紀、卒寿に達する頃まで、土・日と祭日以外は、毎日九時半に出社し、午後五時半に退社という勤勉の日々をつづけた。

『暮しの手帖』へそそぐ情熱に少しの衰えもなく、出社すると、日にいちどは一階から二階、三階まで、外階段を一歩々々上って、各部署に顔を出し、

「何か、面白いことはありませんか」

と、社員一人ひとりに、声をかけていたという。

偉大なるファミリー出版社のオーナー・大橋鎮子は、平成二十五年三月二十三日、

九十三歳で死去するが、暮しの手帖社と歩んだ歳月は、花森安治の倍を超えている。

（文中敬称略）

〈おもな参考文献〉
大橋鎮子（2010年）『「暮しの手帖」とわたし』（暮しの手帖社）
花森安治（1971年）『一戋五厘の旗』（暮しの手帖社）
暮しの手帖編集部 編（1969年）『戦争中の暮しの記録』（暮しの手帖社）
酒井寛（1988年）『花森安治の仕事』（朝日新聞社）
唐澤平吉（1997年）『花森安治の編集室』（晶文社）

しおざわ・みのぶ　1930年生まれ。ノンフィクション作家、評論家。『昭和の名編集長物語』（展望社）など、出版社・編集者を研究する書籍を多く手がける。また、昭和歌謡や相撲関連の著書もあり、近著に『昭和平成 大相撲名力士100列伝』（北辰堂出版）がある。

大橋鎭子さんが教えてくれた
「ていねいな暮らし」

2016年4月25日　初版発行
2016年6月4日　第3刷発行

編　者　洋泉社編集部 ©2016
発行者　江澤隆志
発行所　株式会社洋泉社
〒101-0062
東京都千代田区神田駿河台2-2
電話番号　03-5259-0251
郵便振替　00190-2-142410 ㈱洋泉社
印刷・製本　サンケイ総合印刷株式会社

ISBN978-4-8003-0918-1　Printed in Japan
洋泉社ホームページアドレス　http://www.yosensha.co.jp